D1694758

Der Übersetzer
Hartmut Fähndrich, 1944 in Tübingen geboren, studierte Vergleichende Literaturwissenschaft und Islamwissenschaft in Deutschland und in den Vereinigten Staaten. Seit 1972 in der Schweiz; seit 1978 Lehrbeauftragter für Arabisch und Islamwissenschaft an der ETH Zürich. Für Presse und Rundfunk tätig.

Ghassan Kanafani

Bis wir zurückkehren
Palästinensische Erzählungen II

Aus dem Arabischen
von Hartmut Fähndrich

Lenos Verlag

Band 31 der Reihe Litprint
Lenos Verlag, Basel

Die vorliegende Auswahl wurde aus
Ghassān Kanafānī, al-Āṯār al-kāmila II.
al-qiṣaṣ al-qaṣīra (Beirut, 1973) entnommen.
Deutsche Erstausgabe

In der gleichen Reihe erschienen (1983):
Ghassan Kanafani
„Das Land der traurigen Orangen"
Palästinensische Erzählungen I
Aus dem Arabischen von Hartmut Fähndrich

Copyright 1984 by Lenos Verlag, Basel
Alle Rechte vorbehalten
Satz und Gestaltung: Lenos Verlag, Basel
Umschlag: Konrad Bruckmann
Foto: Ringier Dokumentationszentrum, Zürich
Printed in Germany
ISBN 3 85787 122 9

Inhaltsverzeichnis

Mitte Mai	7
Bis wir zurückkehren	15
Ein Toter in Mosul	23
Sechs Adler und ein kleiner Junge	37
Unsicherer Grund	49
Nur zehn Meter	57
Der steinerne Löwenkopf	65
Ein einziger Glaskasten	85
Seine Arme, seine Hände, seine Finger	101
Acht Minuten	111
Die Sklavenfestung	123
Durst	131
Die Sterndeuterstadt	137
Nachwort	147
Nachträge zu Band I	157

Mitte Mai

Lieber Ibrahim!
Ich weiss nicht, wem ich diesen Brief schicken soll. Ich hatte dir ja versprochen, immer Mitte Mai einige Anemonen auf dein Grab zu streuen. Nun ist wieder Mitte Mai*, und ich habe auch nicht eine einzige Anemone finden können. Und hätte ich welche gefunden ... wie wäre ich zu deinem Grab gekommen, um sie dir zu bringen? Zwölf Jahre sind vergangen; ich glaube, du bist weit weg von allem. Und je tiefer du in der Erde versinkst und dich auflöst, desto tiefer versinkst du auch in unserer Erinnerung und verschwindest. Deine Züge, ja, sogar an deine Züge erinnere ich mich nicht mehr genau. Ich weiss nicht mehr, wie deine Stimme klang. Ich erinnere mich nicht mehr, wie deine Augen leuchteten. Und es fällt mir schwer, mir deine Bewegungen zu vergegenwärtigen. Alles, was mir von dir noch in Erinnerung ist – ein steifer Körper, die Hände auf der Brust; ein dünner Faden Blut zwischen Mundwinkel und Ohr. Ganz klar erinnere ich mich, wie sie dich hinaustrugen und dich

---

*Auf den 15. Mai 1948 erklärten die Briten ihr Palästina-Mandat für erloschen. Daraufhin erfolgte am 14. Mai die Proklamation des Staates Israel.

vollständig bekleidet ins Grab legten, wie sie das Grab dann zuschütteten, und wie die Gefährten trotzig schwiegen – nur eine schmerzvolle, klagende Stimme erhob sich hinter uns und erstarb dann.

Man kann jetzt wirklich fragen: Warum schreibe ich dir? Hätte ich nicht, da ich es nicht einmal schaffte, dir Blumen ans Grab zu bringen, am besten weiter geschwiegen, wie ich es seit zwölf Jahren tue? Doch mir scheint, dass ich unmöglich weiterhin schweigen kann. Mitte Mai verspüre ich einen Druck auf der Brust. Es kommt mir vor, als habe ein verrücktes Schicksal einst einen Fehler gemacht und dich statt meiner getötet.

Die Fäden der Geschichte haben begonnen, sich in meinem Kopf aufzulösen; ich fürchte, alles zu vergessen. Kannst du dir das vorstellen? Wirklich, ich fürchte, alles zu vergessen. Vielleicht hast du ja schon alles vergessen. Was könnte dich davon noch interessieren? Doch ich will dir – und auch mir – helfen, die Fäden aufs neue zu verweben.

Die meisten Geschichten haben keinen Beginn. Merkwürdigerweise jedoch besitzt unsere gemeinsame Geschichte einen klaren Anfang. Ja, ich könnte fast schwören, dass ihr Anfang so eindeutig ist, dass man sie als ein von den übrigen Ereignissen unseres Lebens unabhängiges Kapitel betrachten kann.

Es war an einem Spätnachmittag. Wir standen, du und ich, neben dem grossen als Bank dienenden

Stein vor dem Haus deines Grossvaters. Wir hatten begonnen, uns im Umgang mit Waffen zu üben. Bis zu jenem Zeitpunkt hatten uns leere Konservendosen und alte Ölkanister als Zielscheiben gedient. Wenn mich mein Gedächtnis nicht trügt, hatten wir wohl auch zwei oder drei Mal auf Gaslampen geschossen.

Ja, es war am Nachmittag. Ich hebe das nochmals hervor, denn ohne das Licht des Nachmittags wäre das Bild nicht vollständig. Wir standen neben dem grossen Stein.

„Hast du nicht Lust, dich zu rächen?" hörte ich dich plötzlich fragen; dann lachtest du mehrmals kurz auf.

„An wem?" fragte ich zurück.

Du hobst die Hand und zeigtest mit dem Finger auf die Mauer gegenüber. Dein Lachen vermischte sich mit deiner Antwort:

„An der Katze, die sich ein Taubenpärchen aus dem Schlag geholt hat."

Jetzt lachte ich auch. Ich erinnerte mich, wie diese verfluchte, gefleckte Katze in zwei aufeinanderfolgenden Nächten in den Taubenschlag im Garten eingedrungen war und eines der schönsten Taubenpärchen geraubt hatte, die mein Grossvater mit Hingabe züchtete. Ich war noch unentschlossen, als ich dich nochmals sagen hörte:

„Ich erschiesse sie schon, wenn dich der Mut verlässt."

Du legtest dein Gewehr an ... und drücktest ab. Ein

merkwürdiger Geruch breitete sich aus, und durch den Rauch hindurch sahen wir die arme Katze entsetzt nach hinten springen. Dann jagte sie auf die Mauer des Nachbargartens, blieb sprungbereit darauf sitzen und starrte erschreckt auf den Teil der Mauer, aus dem die Kugel ein Stück herausgeschlagen hatte. Ich weiss nicht, welcher Teufel mich rufen liess:
„Daneben ... jetzt werde ich mein Glück versuchen."
Ich erinnere mich noch, wie ich auf ihren Kopf zielte. Als ich sie durch das vordere Visier da auf der Mauer hocken sah, überlief mich ein Schauer. Das Visier verschwamm einen Moment. Die Katze blickte sich noch immer angstvoll und erschreckt um, forschte, woher Gefahr drohe; ihr Schwanz schlug regelmässig nieder, ihre Ohren hoben und senkten sich. Einen Augenblick später hatte ich sie mitten im Visier. Ich drückte ab, die Kugel traf sie in den Kopf. Sie überschlug sich. Ihre Beine verkrampften sich zuckend in der Luft. Dann fiel sie auf die Seite. Blut quoll hervor.
Du hast mich zu ihr hingeführt, hast sie mit dem Gewehrlauf umgedreht und gerufen:
„Ein Meisterschuss! Mitten in den Kopf! Du hast sie beim Denken gestört."
Doch da hatte ich mich schon erbrochen ... Danach lag ich über zwei Wochen im Bett.
Als du mich etwas später besuchtest, fragtest du lachend:

„Was ist los? Die räuberische gefleckte Katze ... Hat sie dich so fertig gemacht? Das ist ja lächerlich. Hast du dich denn nicht für Kämpfe vorbereitet, in denen wir Männer, nicht Katzen umbringen?"
Ich schämte mich ... und irgendwie kam dann die Lüge zustande:
„Die Katze? Du bist verrückt ... Ich habe schon als Kind Katzen mit Steinen umgebracht. Nein, nein. Mir ist beim Schiessen der Gewehrschaft ausgerutscht und hat mir gegen den Hals gedrückt. Darum habe ich mich erbrochen. Krank war ich schon vorher."
Ob du dich durch diese Lüge hast täuschen lassen? Ich weiss es bis heute nicht. Doch damals hat mich beruhigt, dass du am Abend wiedergekommen bist. Du hast mir ins Ohr geflüstert, ich solle mich bis in zwei Tagen für einen Anschlag bereithalten. Im Auto, das uns in die nahegelegene Siedlung brachte, hast du wie üblich gesungen, während ich noch immer unter dem Druck der Ereignisse stand. Plötzlich hast du mich geboxt, um meinen Blick auf die Felder zu lenken, denen der Mai die Farbe neuen Lebens gegeben hatte:
„Das sind Anemonen. Wir haben darin immer nach hübschen farbigen Käfern gesucht. Tausend rote Anemonenblüten haben wir zerrupft, um einen einzigen Käfer zu finden. Mein Gott! Ich wäre so froh, wenn du mir versprechen könntest, jedes Jahr im Mai einen Strauss Anemonen an mein Grab zu bringen. Versprichst du mir das?"

„Sei nicht albern! Aber wenn du dann aufhörst, davon zu reden, verspreche ich's dir."
Das Lachen erstarb auf deinem Gesicht. Du hast dein Gewehr noch fester an dich gedrückt und leise aber bedeutungsschwer gesagt:
„Danke."
Gegen Mittag stiegen wir inmitten der Felder der Siedlung aus. Unser Vorhaben war waghalsig, aber durchführbar. Wir sollten in die am Rand der Siedlung gelegenen Häuser eindringen und sie sprengen; danach in unsere Dörfer zurückfahren.
Doch dann kam alles anders. Die Juden überraschten uns auf ihren Feldern. Ein heftiger Kampf entbrannte. Ich stand neben dir. Ich schoss, wohin es gerade kam. Wir sahen niemanden, auf den wir hätten zielen können. Gleichzeitig krochen wir zwischen Gestrüpp und Getreide hindurch. Ob ich damals Angst hatte? Ich weiss es nicht mehr. Aber dieser Jude, der ganz plötzlich direkt vor uns stand, lähmte mein Denken. Er hatte eine Handgranate bei sich, die er auf uns warf. Und während der Rauch uns die Sicht nahm, hörte ich dich rufen:
„Bring ihn um. Mein Gewehr hat Ladehemmung."
Der Rauch verzog sich. Der Jude stand noch immer da und spähte nach uns, eine weitere Granate in der Hand. Durchs Visier sah ich ihn dort stehen, Entsetzen im Blick. Einige Augenblicke vergingen, ohne dass ich abzudrücken vermochte. Ich zitterte. Das Ziel blieb in meinem Schussfeld stehen. Ich beobachtete ihn durchs Visier, sah, wie er dich ent-

deckte, die Handgranate auf dich warf und davonrannte.
Wir brachten dich ins Dorf zurück, wo man dich vollständig bekleidet begrub, wie Kämpfer begraben werden müssen. Hinter den Kameraden weinte deine Mutter, während ich — zutiefst beschämt — auf die taufeuchte Erde einen Strauss Anemonen verstreute, die ich auf dem Rückweg gepflückt hatte.
Zwölf Jahre sind seit jenem Tag vergangen. Meine Schmach verfolgt mich. Jeden Mai lastet sie auf mir wie ein erbarmungsloser Alpdruck.
Die Frage, die mein Gehirn aufwühlt, lautet: Warum denke ich jetzt an dich? Warum schreibe ich dir? Wäre es nicht das Beste für mich, ich schwiege weiterhin??
Nein, ich kann nicht. Die Zeit vergeht. Du versinkst immer tiefer in der Erde, und ich fürchte, ich vergesse dich. Doch ich will dich nicht vergessen. Trotz aller Qualen, die die Erinnerung mit sich bringt. Vielleicht vermögen es diese Qualen, mich eines Tages an dein Grab zu führen ... und einige Anemonen darauf zu streuen.
Ich weiss nicht, wieviel weiter ich inzwischen gekommen bin. Ob ich heute ohne zu zittern einen Juden töten könnte? Ich bin älter geworden. Und das Leben im Lager hat mich härter gemacht. Doch Gewissheit hat mir all das nicht gebracht.
Meine einzige Gewissheit ist die, dass ich die Schmach an mir haften spüre, bis tief ins Mark. Ob

das genügt? Ich glaube, ja. Die Katze, die ich erschossen habe, hat lediglich ein Taubenpärchen gestohlen, um es zu fressen. Sie hat es bestimmt aus Hunger getan. Heute sehe ich Tausende hungernder Männer und Frauen vor mir, und gemeinsam stehen wir einem Räuber gegenüber, der uns alles gestohlen hat.

Hat mich das mein Schweigen aufgeben und mich dir gegenüber aufrichtiger sein lassen? Du wirst mir mein Geständnis verzeihen. Nun habe auch ich herausgefunden — du musstest es schon vor langer Zeit herausfinden — wie notwendig es ist, dass einige Menschen dafür sterben, dass die andern leben. Das ist eine uralte Weisheit. Doch das Wichtigste daran ist, dass ich ab jetzt danach lebe.

Kuwait 1960

Bis wir zurückkehren

Obwohl die Sonne erbarmungslos auf ihn niederbrannte, während er einsam durch die Negev-Wüste zog, vernahm er das Tosen und Hämmern der Gedanken in seinem Kopf; es war, als schlüge man Nägel in eine unnachgiebige Wand.
Seine Nase arbeitete wie ein Kompass. Er spürte, dass er sich seinem Ziel näherte, und es erstaunte ihn, wie er während dieser quälenden Stunden unablässig angestrengt nachdenken konnte. Ja, während dieser Stunden waren ihm so viele Gedanken durch den Kopf gegangen wie niemals zuvor im Verlauf der vergangenen acht Jahre.
Er setzte seine Füsse in den weichen Sand und zog sie wieder heraus, wie ein altes Stück Holz aus noch feuchtem Leim. Gewaltige Gefühle bemächtigten sich seiner Erinnerungen, überlagerten sich, verschlangen sich ineinander. Ihm wurde klar, dass sie ihm schon lange Zeit anhafteten, und es fiel ihm jetzt schwer, sich vorzustellen, wie er ohne sie war ... Er war durstig, seine Kehle schien hart und trocken, war unbrauchbar geworden. Er fühlte sich müde, erschöpft, dem Zusammenbrechen nahe, so als hätte er gerade ein grosses Boot aus dem Wasser auf den nassen Strand geschleppt.

Trotz alledem ging er weiter, hastig, als laufe er mit sich selbst um die Wette, den Oberkörper weit vornübergebeugt. Der weiche Sand hemmte seine Schritte. Er war klein, dunkelhäutig, verbrannt; nichts in seinem Gesicht hätte im ersten Augenblick Aufmerksamkeit erregt. Da war nur ein Mund mit zwei schmalen, entschlossen zusammengepressten Lippen. Doch bei genauerem Hinsehen konnte sein Gesicht den Eindruck erwecken, man betrachte einen kleinen Acker; ja, mehr noch, die beiden Linien, die seine Stirn durchfurchten, legten den Vergleich mit den Spuren einer Pflugschar nahe, die diese Stelle gerade passiert hatte ... Langsam liess der Geruch seines Landes seine Gefühle weicher werden. Wie schön es ist, den Geruch der eigenen Vergangenheit wahrzunehmen! Und jetzt öffnete sich seine Erinnerung wie eine perlmuttverzierte Brauttruhe, in der alles wohlverwahrt liegt. Er sieht darin sein kleines, kühles Haus und seine Frau, wie sie die Erde mit Wasser besprengt. Dann sieht er sich selbst mit verdreckten Füssen vom Felde kommen. Er hat das Bild genau vor sich, ja, es ist, als vergegenwärtige er sich etwas, was er erst wenige Minuten zuvor erlebt hat. Er nimmt alle noch so kleinen Einzelheiten wahr. Er sieht sogar sich selbst, wie er geht. Nie hatte er sich selbst beim Gehen so deutlich und so klar zu beobachten vermocht.

Er näherte sich seinem Land. Das spürte er tief in seinem Innern. Als die ersten Orangengärten sei-

nes Dorfes vor ihm auftauchten, pochte ihm die Stimme, die ihn am Südeingang der Negev-Wüste verabschiedet hatte, im Kopf; ihr Echo hallte durch seinen Körper wider:
„Das ist dein Land. Hast du nicht dort gelebt? Also gut! Du kennst es besser als sonst irgendjemand. Auf einem der Felder haben die Juden einen Wassertank für ihre in der Nähe gelegenen Siedlungen errichtet. Ich glaube, du hast verstanden. Der Sprengstoff, den du dabeihast, wird dir reichen ..."
Er hatte nichts darauf erwidert, sondern war allein durch die Wüste gezogen, allein bis auf den Sturm, der in seinem Inneren wütete ... Und da ist es nun, sein Land, das er glücklich durchzieht, da ist es, willenlos an die Berge angelehnt.
Vorsichtig glitt er zwischen den kahlen Feldern hindurch; der Geruch der Erde gab ihm eine unbezwingbare Kraft. Seine Hand hielt in grimmiger Entschlossenheit sein Messer umfasst. Durch seinen Kopf tobte in wildem Durcheinander die Geschichte der Felder, die er so gut kannte, und es fiel ihm schwer, in die Wirklichkeit zurückzukehren. Während er um ein Feld ging, das einstmals Abu Hasan, seinem Nachbarn, gehört hatte, sah er sich das Haupt recken und mit unergründlichen Gefühlen den Wassertank betrachten, der aufragte, als wolle er Himmel und Erde miteinander verbinden ... Er sicherte der Erde das Wasser, welches ihr zu sichern er sich einst abgemüht hatte ... Doch es schmerzte ihn, dass der Tank so mitten auf dem

fruchtbaren Feld stand. Dadurch zerstörte er etwas, was er und alle seine Nachbarn ihr ganzes Leben lang empfunden hatten. Sie, die Bauern, spüren das Land, während andere es nur als etwas betrachten, das an ihnen vorbeizieht. Im Bauern erweckt jedes Feld unmittelbar das Gefühl, es, jenes Feld, sei der wahre Hüter all dessen, was es je enthielt. Das Feld, jedes Feld, wirft auf alles darin Enthaltene einen väterlichen Schatten, und man spürt den Schutz einer rätselhaften, gewaltigen, furchtbaren und dennoch liebenswerten Kraft.
Doch der Wassertank macht dieses Gefühl zunichte. Er steht dort wie eine bittere Wahrheit, die eine andere Art Empfindungen in ihm weckt, ja, tief in seinem Innern ist er der festen Überzeugung, dass das Land selbst den Wassertank zurückweist, ... dass es ihn nicht beschützen will, dass er etwas anderes bedeutet als Bewässerung und Wasser, etwas Grosses, Blutendes, eine Tragödie.
Während er durch den Bocksdorn sein Feld betrachtete, auf dem er einst seinen Schweiss vergossen hatte, um es aus dem Nichts zu schaffen, stockte sein Atem. Dort steht das Häuschen, das ihn und seine Frau zur Erntezeit, wenn die Arbeit nicht enden wollte, beherbergte. Ein hübsches Häuschen, bescheiden wie es war. Doch jetzt war eine Seite eingestürzt. An der anderen Seite, die sich an den Felsen des Berges anlehnte, häufte sich der Sand; auch hatte der Generator dunkle Flecken darauf hinterlassen. Der Wassertank brach störend in sein

Leben. Man hatte ihn auf den Hof gestellt, dorthin wo er immer vor dem Schlafengehen mit seiner Frau zusammensass und sich mit ihr über Hirse und Weizen unterhielt. Wo jetzt ein Bein des Wassertanks, dem Haus am nächsten, ruhte, hatte ein Pflaumenbaum gestanden, einzig in seiner Art. Er hatte ihn geliebt und ihn gehegt. Dort, nahe der wackligen Tür, hatte in Sommernächten immer seine Frau geschlafen. Wenn er in jenen Tagen seine Nachbarn herüberbat, hatte seine Frau rasch den Hof mit Wasser gesprengt; das hatte ihn angenehm kühl gemacht.

Plötzlich, völlig unvermittelt, brach aus den Tiefen seines Unterbewusstseins ein schreiendes, schreckliches Bild in sein Bewusstsein, überrollte ihn sintflutartig, warf sich mit einemmal über alle seine Sinne und liess nicht mehr locker.

Es war einen Tag, bevor er fortging, einen einzigen Tag nur. Die Juden drangen in die Orangenplantagen ein, und er fand, er müsse, und sei es auch nur vorläufig, fortgehen. Er wollte seine Frau nehmen, sein Grundstück verlassen und losziehen ... Doch noch bevor er das zerschlagene Tor seines Anwesens durchschritt, trat er zu seiner Frau – ihre Augen standen voller Tränen. Es war, als würde sie vor Schmerz vergehen ... Er wollte nicht nachgeben, doch er sah sich umringt von Fragen, die ihm die Tränen seiner Frau stellten: Wohin? Und dein Land? Wäre es nicht das Beste, Hab und Gut bis zum Letzten zu verteidigen?

Ohne etwas zu sagen, zog er seine Frau an der Hand zurück auf sein Grundstück. Er konnte nie den bittenden grossen Augen widerstehen ...
In jener Nacht erhängten die Juden seine Frau an dem alten Baum zwischen dem Hof und dem Berg. Völlig nackt sah er sie hängen. Man hatte ihr das Haar geschoren und um den Hals gebunden. Schwarz schimmerndes Blut tropfte aus ihrem Mund. Sie hatten ihr die schmale Taille völlig zusammengeschnürt. Nichts mehr in ihrem Gesicht deutete darauf hin, dass sie kurz zuvor noch den Hof mit Kugeln, Feuer und Blut gefüllt hatte. Er war an den gegenüberliegenden Baum gefesselt und musste hilflos mitansehen, was sie taten. Sie hatten ihn mit Pflugseilen an den Baum gebunden, nachdem sie ihm den ganzen Nachmittag den Rükken mit Lederpeitschen geschunden hatten. Sie liessen ihn alles mitansehen, liessen ihn schauen und schreien wie wahnsinnig ... Ihr hatten sie Erde in den Mund gestopft, als sie ihm Lebwohl sagte. Dann starb sie, und ihn liessen sie gehen, damit er mit seinen Erinnerungen in der Wüste sterben sollte.
Auch jetzt noch betrachtet er dieses Bild nicht als Zuschauer. Nein, niemals! Es wirkt tief in seinem Innern, er spürt es und sieht es, wie über seine Nerven gegossenes flüssiges Blei. Auf seltsame Art ist er mit der Vergangenheit verbunden. Weder kann er sich von diesem blutigen Bild noch das blutige Bild von sich lösen. Seine Gegenwart ist unentrinn-

bar mit seiner Vergangenheit verflochten. Die Hilfeschreie seiner Frau, ihr abgehacktes, schmerzvolles Stöhnen, das Knirschen ihrer Zähne beim Kauen der Erde, das heisere Schreien aus seiner Kehle ... all das vermischte sich und verschmolz mit der gewaltigen Explosion, mit welcher der gigantische Wassertank zu existieren aufhörte.
Der schwarze Rauch trug einige seiner schmerzhaften Gefühle davon; mit schrecklicher Ruhe blickte er auf die Trümmer.

Als er am Abend ins Lager zurückkehrte, war er müde, erschöpft. Er hatte das Gefühl, seine Gelenke hätten sich gelöst und seine Sehnen müssten sich endlos dehnen, um sie zusammenzuhalten. Und während er dem Mann die Hand schüttelte, der ihn beim Aufbruch verabschiedet hatte, spürte er, dass er noch immer im Kampf stand, im Kampf, der vor langer Zeit begonnen hatte ...
„Nun? Ist alles nach Wunsch gegangen?" hörte er ihn fragen.
Müde nickte er mit dem Kopf. Nochmals hörte er seinen Chef:
„Bist du müde?"
Er schüttelte den Kopf und flüsterte mit tiefer, schmerzvoller Stimme:
„Hast du morgen früh wieder was für mich?"
Von fern klang ihm die Stimme seines Chefs ans Ohr:
„Du kannst doch morgen nicht gleich wieder los-

ziehen. Du musst dich ausruhen."
„Doch, ich kann ...", widersprach er, ohne nachzudenken.
„Und wie lange, glaubst du, kannst du so weitermachen?"
Den Kopf an die Munitionstasche gelehnt, antwortete er:
„Bis wir zurückkehren."

Damaskus 24.6.1957

Ein Toter in Mosul

Als ich, im Jahre 1959, diese Geschichte schrieb, widmete ich sie meinem Freunde M. Dieser war nach Mosul gegangen. Danach hatte ich nichts mehr von ihm gehört. Doch ich habe sie damals nicht veröffentlicht, denn sie war noch nicht abgeschlossen. Ich wollte ihr nämlich als Widmung folgenden Satz voranstellen: „Meinem Freunde M. Wahres Sonnenlicht überflutet sein Grab." Ich musste bis zum 8. März 1963 warten.

Gh.

Unvermittelt fragte er:
„Kennst du einen jordanischen Studenten namens Maruf, der an der Universität Bagdad studiert?"
„Ja, ich habe ihn einmal getroffen."
Langsam stieg die Flut. Die Wellen schoben in gerader Linie Massen von Heuschrecken vor sich her, die ins Meer gestürzt waren, weil ihre dünnen Flügel sie nicht bis an die Küste trugen.
„Man hat ihn umgebracht", sagte er ruhig.
„Was? Maruf? Man hat Maruf umgebracht?"
Im gleichen Augenblick spülte uns eine kräftige Welle einen weiteren Schwarm Heuschrecken vor

die Füsse. Er hob eine davon auf – ihr langer gelber Körper war von gezahnten Beinen gerahmt. Er hielt sie mir vor die Augen und riss ihr die durchsichtigen Flügel aus. Dabei murmelte er bedrückt:
„Genau so."
„Aber wo war das? Wo hat man ihn umgebracht ... wo?"
„In Mosul."
„Und was hat ihn dorthin geführt?"

Maruf war ein junger Mann. Klein und fast krankhaft schmächtig. Aber er besass ein heiteres Wesen, hinter dem sich eine innere Unruhe verbarg, deren dunkle Wurzeln in eine Zeit zurückreichten, da er selbst erst zehn Jahre alt war. Zusammen mit seiner Mutter war er zu einem Brunnen gekommen, dem ersten seit der Vertreibung aus ihrem kleinen Ort, Lod ... Seine Mutter war durstig, doch am Rand des Brunnens drängten sich Hunderte von Männern und Frauen, die auf eine Gelegenheit warteten zu trinken, zu überleben. Mit dem Mut der Verzweiflung schob er sich durch die Menge ... Als er mit dem verdreckten Wasser zu seiner Mutter kam, da war sie tot.
Lange Jahre waren seit jenem Tag vergangen, jenem Tag, da er vor ihr stand, die Blechkanne mit schmutzigem Wasser in den kleinen Händen. Sie lehnte gegen einen grossen roten Stein, auf dem bleichen Gesicht ein Schweigen, mit dem sie der furchtbaren Todesqual begegnet war, die Lippen

schwarz und faltig, die Zunge war dick und verdreht. Einen Augenblick lang hatte er fassungslos dagestanden. Als ihn jemand anstiess, damit er mit den anderen weitergehe, bemerkte er, dass ihm, während er alles um sich herum vergessen hatte, die Kanne mit dem Wasser aus der Hand gerissen worden war.

Es war ein weiter Weg von jenem Brunnen bis ans Tor der Universität, ein weiter, schmutziger Weg. Doch dann — hatte man je gehört, Maruf habe etwas von diesem Leben erwartet? Habe sich über irgendwas Gedanken gemacht? Habe auf eine klar umrissene Zukunft geblickt? Habe für ein Ziel gekämpft? Habe für irgendetwas gelebt? Nein ... das hatte man nie gehört. Einmal, während er eine Zeitung durchblätterte, sagte er zu mir:

„Hör zu, mein kleiner Philosoph, der Mensch lebt im allgemeinen sechzig Jahre, nicht wahr? Davon verbringt er die Hälfte schlafend. Bleiben noch dreissig Jahre. Davon ziehe ich nochmals zehn Jahre ab für Krankheit, Reisen, Essen und Freizeit. Bleiben noch zwanzig. Die Hälfte davon verbringen wir als dumme Kinder und kleine Schuljungen. Bleiben schliesslich noch zehn Jahre ... nicht mehr als zehn Jahre. Sollte man sie nicht gelassen verleben?"

Mit dieser Philosophie begegnete er jeder Schwierigkeit. Probleme pflegte er mit einer Handbewegung vom Tisch zu wischen, und wenn das nicht ging, mit einem Witz, und wenn das nicht ging, so

philosophierte er darüber.
Einmal fragte ich ihn, um ihm eine klare Stellungnahme zu meinem Projekt zu entlocken:
„Willst du eigentlich nicht nach Palästina zurück?"
„Sicher will ich! Und um deine nächste Frage gleich zu beantworten: Kennst du die Geschichte von Hannibal? Bei seiner Alpenüberquerung zogen er und seine Soldaten hinter den Elefanten her ... Gut ... ich bin kein Elefant ... Ihr seid die Elefanten. Wenn ihr die Grenzen nach Palästina überschreitet, werde ich hinter euch sein. Ich bin eine kleine Grille, ich werde im Schatten von Hannibals Elefanten Schutz suchen."
Ist es zu glauben, dass ein solcher Mensch, der sein Leben so oberflächlich und nichtssagend dahinbrachte, der sich jeder Art von Engagement und jeder Art von Herausforderung versagte, ... ist es zu glauben, dass ein solcher Mensch sich auf einen Schlag verändert hat? Wie denn auch?? Das weiss niemand! Sein Gesicht wurde finster, so als stehe er noch immer mit der Blechkanne in der Hand vor seiner toten Mutter, die schrecklich schweigend dalag. Allmählich fand er es sogar erleichternd und beruhigend, über jenen Augenblick zu reden. Einmal, wir kamen um Mitternacht nach Hause, sagte er zu mir:
„Weisst du was? ... Das Leben mancher Leute ist wie ein alter auseinandergeschnittener Film, den irgendjemand, der nichts davon versteht, nochmals laufen lässt, aber eben falsch herum — mit dem En-

de in der Mitte und der Mitte am Ende."
Ich wusste, er sprach von sich selbst. Ich versuchte auch nicht, ihm ins Gesicht zu sehen, um mich zu vergewissern, dass ihm Tränen in den Augen standen. Doch es lag mir daran, noch weiter zu bohren und seine momentane Schwäche auszunützen.
„Soll ich dich rufen", fragte ich ihn, „wenn Hannibals Elefanten die Grenzen Palästinas zu überschreiten beginnen?"
Er zitterte ein wenig ... Doch er blieb seltsam ruhig, als er resigniert murmelte:
„Einige Männer müssen die Elefanten führen."
Warum hatte sich Maruf verändert? Das weiss niemand. Einmal fragte ich ihn danach. Er unterstrich seine Antwort mit einer Handbewegung:
„Nichts ... Nur, die Lüge war oben und die Wahrheit unten. Dann hat sich alles umgedreht, und plötzlich war die Wahrheit oben und die Lüge unten."
„Aber wie kam es dazu?"
Er zuckte mit den Schultern, verzog zweifelnd den Mund und ... schwieg.

Die Flut stieg weiter. Wir waren stehen geblieben. Das Wasser spülte jetzt über unsere Füsse. Wir traten ein wenig zurück und setzten uns auf einen hohen Felsen. Die Wellen schlugen an den Felsen und begleiteten die Sonne, die durch karmesinrote Wolken langsam ins Meer sank, mit einem Grabgesang.

Mein Freund schwieg wieder, als müsse er neuen Mut fassen:
„Wo hast du denn Maruf kennengelernt?" fragte er dann plötzlich.
„In einem Bus auf der Fahrt von Damaskus nach Bagdad."
„Du kennst also Bagdad?"
„Ja sicher. Ich war dort über einen Monat."
„Vor oder nach der Revolution?"*
„Einige Tage danach."
„Hast du Maruf im Bus näher kennengelernt?"

Selbst die Erstklassbusse jenes Unternehmens waren alles andere als gut. Die Klimaanlage, die sie von den Drittklassbussen unterschied, funktionierte nicht. Das Wasser war wirklich kalt, und zwar gleich so kalt, dass man es überhaupt nicht trinken konnte. Der Kühlschrank arbeitete nämlich wie es ihm gerade passte und liess sich nicht auf einer bestimmten Stufe einstellen. Der Bus war nicht gerade überfüllt. Als ich die kurze Treppe erklommen hatte, bemerkte ich sofort, dass meine Reisebegleiter nicht wirklich geeignet waren, mir die Zeit zu verkürzen: Auf dem vordersten Platz sass, stumm wie eine Statue, ein ehrwürdiger alter

---

*Gemeint ist die irakische Julirevolution 1958, als deren Resultat vielerorts zunächst eine panarabisch pro-nasseristische Regierung erwartet worden war. Auch von Kanafani, wie die Erzählung deutlich macht. Schliesslich gewannen aber die Vertreter der irakisch-nationalistischen Tendenz die Oberhand, die „Grillen", wie sie Kanafani hier nennt.

Mann. Direkt hinter ihm hatte ein etwas jüngerer Mann mit Narben im Gesicht und einer dicken Brille auf der Nase Platz genommen, neben ihm seine Tochter ... oder seine Schwester. Diese war fett und in ein merkwürdiges Kleid gehüllt, dessen Vorderteil wie eine umgekehrte Pyramide aus dickem Stoff aussah, was ihre Brüste in unvorteilhafter Weise zur Seite hin auseinanderdrückte.
Die übrigen Fahrgäste waren alles alte Leute. Schweigend setzte ich mich. Die Fahrt war lang, und es war wirklich ungemütlich, dass niemand sprach und so die Hitze der syrischen Wüste etwas erträglicher machte.
Um ein Uhr nachts erreichte der Bus Tennf. Noch kurz vor dem Anhalten platzte ein Vorderreifen, und der Fahrer teilte uns mit, wir müssten eine volle Stunde warten, bis der Reifen geflickt sei. Dann bat er mich auszusteigen und ihm zu helfen. Draussen war es bitterkalt. Während ich den Hammer hielt, bemerkte ich neben mir einen kleinen, schmächtigen jungen Mann, der hinter mir aus dem Bus gestiegen war.
Gemeinsam hämmerten wir an dem Rad, bis wir erschöpft waren. Dann setzten wir uns darauf, um ein wenig zu verschnaufen, und ich fühlte mich gedrängt, meinen kleinen schmächtigen Mithelfer zu fragen, ob er auch im Bus gesessen sei.
„Ja."
„Merkwürdig, ich hatte dich gar nicht gesehen."
„Ich war ganz in meinem Sitz versunken."

„Wo fährst du hin?" fragte ich nach kurzem Schweigen.
„Ich bin Student an der juristischen Fakultät in Bagdad. In einer Woche fange ich dort an zu studieren."
„Du bist froh über die Revolution, nicht wahr?"
„Sehr froh. Sie ist ein ordentlicher Schritt in Richtung Lod."
Als der Bus dann seine wilde Wüstenfahrt fortsetzte, sass ich neben Maruf. Nach einigen Augenblicken deutete dieser mit den Augen auf den Mann mit seiner Tochter oder seiner Schwester, der in eine Zeitung vertieft war. Dann beugte er sich herüber und flüsterte mir ins Ohr:
„Weisst du, was das für welche sind? Sie gehören zur progressiven Schickeria. Von ihrer Seite hege ich die schlimmsten Befürchtungen."
Danach versanken wir in Schweigen. Doch sehr bald hielt der Bus, da wieder ein Reifen geplatzt war. Der Fahrer, ein Riesenkerl, öffnete die Tür und bat uns auszusteigen, um nochmals den Reifen zu flicken.
Noch bevor wir hinkamen, sahen wir diesen Mann, wie er zu dem schweren Hammer ging und ihn mit beiden Händen aufnahm. Aber er war zu schwach, ihn über den Kopf zu heben und stellte ihn keuchend wieder ab.
Maruf konnte das Lachen nicht verbeissen:
„Je, du armer Progressiver. Da ist nun deine kleine Erfahrung mit der Arbeitswelt gleich schief gegan-

gen. So wirst du kein echter Progressiver. Also was? Du kannst noch nicht einmal den Hammer hochheben! Wie willst du denn da die Widersprüche in den Griff bekommen?"
Der Mann schaute uns feindselig an. Dann ging er schnell in den Bus zurück. Das Mädchen blickte uns ebenso an und hüpfte dann hinter dem Mann her – ihre zur Seite gedrückten Brüste wippten auf und nieder.
Im Morgengrauen eines heissen Tages erreichten wir Bagdad. Wir begaben uns sofort ins Hotel, und noch am selben Abend sagte Maruf zu mir: „Irgendetwas Bedeutsames liegt in der Luft. Ist dir aufgefallen, wie es von Menschen wimmelt, wie sie sich in den Hotels drängen. Man könnte meinen, sie hätten einander zu einem irdischen Auferstehungstag geladen. Aus allen Löchern sind sie wie die Würmer nach Bagdad gekommen. Warum? Sollte es ein Komplott geben?"

Am Horizont versank die Sonne. Nur ihr Rot färbte noch immer die niederen Wolken. Einige Heuschrecken schafften es bis an den Strand, wo sie erschöpft niederfielen und dann auf ihren gezahnten Beinen in Richtung Kai krochen. Mein Freund nahm nochmals eine auf, zerbrach ihr die durchsichtigen Flügel und warf sie ins Wasser. Sie zappelte ein wenig, dann überdeckte sie der Schaum.
„So haben sie ihn ermordet", hörte ich ihn sagen, „genau so."

„Aber was hat ihn nach Mosul geführt? Ich weiss doch, dass er in Bagdad lebte?"
„Willst du genau wissen, was er sagte? Er sagte: Ich will Lod einige Schritte näherkommen. Dieses wirklichkeitsferne Leben, in dem er in Bagdad versank, hatte ihm jede Hoffnung auf Rückkehr genommen. Er wusste, dass es in Mosul ganz anders war. Also benutzte er seine Ferien dazu, nach Mosul zu fliegen."
„Gut. Und was hat sich dort abgespielt?"
„Eine Revolution."

Bagdad! Alles wurde bedeutungslos. Die Würmer kamen aus der Erde hervorgekrochen. Langsam spürte er, dass viele Hände ihn immer weiter vom Weg der Rückkehr fortzogen. Das Leben dort baute auf einem Fehler auf. Welchem? Er empfand ihn deutlich und versuchte, ihn an der Wurzel anzugehen.
„Und wieso dieser ganze Aufwand? Lass sie! Sie sind jetzt die Herren."
Aber das war unmöglich. Es war schwierig, ihm etwas zu entgegnen:
„Das ist doch eine Neuauflage der Sandsch-Revolte*. Nur tragen diesmal die Sklaven ihr Schwarzsein im Herzen."

---

*Es handelt sich um einen Aufstand (869–883) schwarzer Sklaven (Sandsch), die — eine Ausnahme in der islamischen Geschichte — in der Landwirtschaft eingesetzt waren, und zwar zur Trockenlegung von Sümpfen im Mündungsgebiet von Euphrat und Tigris.

„Maruf!"

„Was macht ihr hier? Ihr habt euch daran gewöhnt, ohne Luft zu leben, wie die Fledermäuse. Wir müssen etwas unternehmen."

„Und was?"

Ihm war der Kampf bestimmt. Als in Mosul der Funke sprang, drängte es ihn, sich in den Brand zu stürzen.

Mosul! Es wies die Würmer zurück, die aus der Erde dorthin gekrochen kamen. Alles in der kleinen Stadt sagte ihm zu, bevor der Zug der Würmer auch dorthin kam. Er stand auf dem Balkon, im Haus eines Freundes, als er sie herankommen sah, die Gesichter gezeichnet mit dem Hass dessen, was unter der Erde wohnt. Würmern gleich, die sich mit grüner Farbe tarnen, um nach und nach das Leben auszusaugen. Er stand auf dem Balkon. Sie zogen unten vorbei mit einem Lärm, der die Grenzen des Erträglichen überschritt.

„Nun sind sie auch hierher gekommen", sagte er zu seinem Freund. „Jetzt müssen wir uns ihnen in den Weg stellen. Du weisst, wie die Grillen Achilles' Schicksal entschieden? Sie stachen ihm in die Ferse. Davon allein ist er gestorben. Niemand als die Grillen war imstande, Achill zu töten. Wie absurd!"

Am nächsten Morgen verteilte sich das Heer auf den Strassen der Stadt. Damit war alles entschieden. Die Grillen flohen wieder. An jenem Tag war

Maruf auf der Strasse.

„Mehr Luft, mehr Luft!" sagte er zu seinem Freund. „Nun glaube ich wieder fest daran, dass ich in meine kleine Stadt zurückkehren werde. Achill kann noch immer atmen, und alles ist gut, solange er noch nicht tot ist."

Eine wirkliche Sonne erhellte diesmal die Strasse. Maruf atmete tief in die Luft, die er liebte. Alles schien wieder wirklich. Die Grillen hielten sich versteckt; diejenigen, die ihnen lang zugeklatscht hatten, hüllten sich in Schweigen und warteten den Ausgang ab.

In der folgenden Nacht geschah das Unheil. Maruf, Tränen in den Augen, sagte zu seinem Freund:

„Achill ist tot ... Die Grillen sind wieder da."

„Und was willst du machen?"

„Ich werde hierbleiben."

„Bis wann?"

„Für immer ... Kommt dir das lang vor?"

Maruf weigerte sich zu fliehen. Er bestand darauf dazubleiben, bis die Grillen das letzte Quentchen Luft aus der Stadt gesogen hätten. Von jener Nacht an ging er unentwegt auf der Hauptstrasse auf und ab, die Hände auf dem Rücken gefaltet, seine Unterlippe bebte.

Am Mittag jenes Tages stand sein Freund auf dem Balkon. Er sah Maruf an der Strassenkreuzung, wie er, die Schultern hochgezogen und die Hände auf dem Rücken gefaltet, mit zwei Bewaffneten sprach. Er war ruhig und beantwortete ihre Fragen ohne sichtbare Erregung. Dann setzte er seinen Gang ruhig fort — es schien, als habe er ihre letzte Frage nicht beantwortet, als habe er den beiden vielmehr das Wort abgeschnitten und seinen Weg fortgesetzt.

Er war noch nicht weit gegangen, als die Maschinenpistole auf seinen Rücken gerichtet wurde. Dann krachten mehrere Schüsse. Maruf sank in die Knie, er hielt die Hände vors Gesicht. Dann gaben seine Knie nach, und er fiel vornüber.

Wie er so dalag, sah er aus wie ein Totengräber, der, unfähig, tiefer in die Erde zu graben, sich riechend vornüberbeugt; sah aus wie ein Vogel mit gestutzten Flügeln, der abgestürzt war; sah aus wie eine Heuschrecke, die von anstrengendem Flug erschöpft, tot auf einen trockenen Strand gefallen war.

Am Abend lag Maruf noch immer in derselben Stellung mitten auf der Strasse. Bei Sonnenuntergang sammelte ein Auto ihn und andere Tote auf und fuhr damit aus der Stadt.

Zwei Tage später sah sein Freund seine Uhr und seinen Kugelschreiber bei einem Beamten wieder, der behauptete, beides gekauft zu haben. Maruf war in einem Massengrab beigesetzt worden, wo er, wie der Totengräber meinte, Schulter an Schulter mit vielen andern ruhte.

Aufgefallen war dem Totengräber die kleine schmächtige Leiche eines jungen Mannes, der durch mehrere Schüsse in den Rücken getötet worden war. Diese Leiche liess sich nämlich nicht gerade ausrichten wie die anderen. Sie war gebeugt und ruhte auf Knien und Gesicht. Er musste den jungen Mann schliesslich in dieser Stellung — als ob er bete — begraben.

Allmählich wurde es finster. Das Tosen der Wellen übertönte jeden anderen Laut. Die Schiffe weit draussen hatten ihre Lichter gesetzt; sie glichen den Laternen eines Leichenzugs, getragen von Engeln in Schwarz.
In diesem Augenblick landete direkt vor uns auf dem Felsen eine Heuschrecke. Mein Freund streckte die Hand aus, um sie zu fangen. Doch sie flog ganz plötzlich mit jugendlicher Entschlossenheit weiter auf ein grünes Feld zu, das sich hinter dem Kai erstreckte.

Kuwait 1959

Sechs Adler und ein kleiner Junge

Einmal arbeitete ich als Musiklehrer auf dem Land. Damals musste ein Musiklehrer nichts von Musik verstehen. Seine ganze Aufgabe bestand darin, den Kindern einige Lieder vorzusingen und dann, wenn alle zusammen loslegten, den Takt zu schlagen.
An sich war meine Arbeit überhaupt nicht anstrengend, nur dass ich, um in meinem Fach genügend Stunden zu unterrichten, zwischen drei Dörfern hin und her fahren musste. Und während ich mir in den ersten Monaten als etwas Besonderes vorkam, verschwand dieses Gefühl ganz und gar, als die Fahrerei in dem alten Bus auf holpriger Strasse und mit all den Bauern langsam unerträglich wurde. Ausserdem bekam ich allmählich den Eindruck, meine Arbeit dort sei nichts anderes als ein langsames Begräbnis all dessen, wovon ich beim Verlassen der Sekundarschule geträumt hatte.
Die Fahrerei mit dem Bus war wirklich anstrengend. Mitunter versuchte ich, während der Fahrt zu schlafen. Doch hinderte mich das heftige Rütteln des Busses daran. Die wenigen Male, die ich trotz allem drauf und dran war einzuschlafen, holte mich ein Korb, eine Melone oder irgendetwas an-

deres, mit dem mich mein Sitznachbar in die Seite stiess, in die Wirklichkeit zurück; oder ein heftiger Schlag schreckte mich auf, mit dem mein Nebenmann mich ersuchte, einen Disput zwischen ihm und seinem Kollegen zu schlichten.

All das ertrug ich, wenn auch mit Widerwillen, und zwar aus einem Grund, den wohl nur der verstehen kann, der selbst einmal als Lehrer in einem Dorf gearbeitet hat. Der Lehrer ist dort ein heiliges Wesen, und wir hätten nur ungern diese Heiligkeit durch eine vorübergehende Laune oder durch ein grobes Wort zerstört. Deshalb nickten wir mit dem Kopf, wenn wir unfreiwillig an einem Gespräch teilhatten, oder wir lächelten freundlich, wenn uns irgendein Bauer bat, ihm zur Hand zu gehen.

All das ertrug ich, wenn auch mit Widerwillen. Doch wirklich aus der Fassung bringen konnte mich, wenn einer der Bauern auf der Fahrt in einem alten, auf holpriger Bergstrasse dahinschaukelnden Bus während der Augenblicke, die mir an sich zum Ausruhen zwischen zwei Unterrichtsstunden dienen sollten, mich erbarmungslos in ein Gespräch verwickelte.

„Hast du diesen Felsen dort bemerkt?" fragte mich ein alter Bauer eines Tages und zeigte dabei durch das Fenster auf einen spitzen Felsen, der auf einem kleinen Hügel stand.

„Ja, ich sehe ihn jede Woche dreimal."

Er fragte weiter, den Finger noch immer ausgestreckt.

„Weisst du, was es mit ihm für eine Bewandtnis hat?"
„Sogar mit dem Felsen hat es eine Bewandtnis?" fragte ich erstaunt, obwohl ich wusste, dass es auf dem Dorf mit allem eine Bewandtnis hat. Aber ich hatte nicht gewusst, dass es auch mit diesem kleinen Felsen an einer solch abgelegenen, halbvergessenen Strasse eine Bewandtnis hat. Doch war meine Frage in deutlich mürrischem Ton gestellt. Ich schlug meine Zeitung auf und las darin herum.
„Das ist eine lange Geschichte."
Ich gab vor, nicht zuzuhören und las weiter, in der Gewissheit, dass der alte Bauer nicht mich ansah, sondern auf den Felsen starrte, der in einiger Entfernung langsam vorbeizog.
„Früher bin ich einmal alle zwei Tage hier vorbeigefahren, immer hier vorbei. Und immer habe ich einen grauen Adler gesehen, der wie ausgestopft auf dem Felsen sass. Er ist am Morgen gekommen, hat über dem Felsen mit seinen grossen Schwingen einige Kreise gezogen und hat sich dann langsam darauf niedergelassen. Er ist dageblieben bis zum Abend. Dann ist er zurück in die Berge geflogen."
Ich faltete die Zeitung zusammen und steckte sie in die Tasche. Dann schaute ich den alten Mann an. Es hörte sich an, als erzähle er von seinem Sohn.
„Sieben Monate lang kam er, Tag für Tag."
„Und weisst du warum?"
Plötzlich sah er mich an, als erblicke er mich zum erstenmal. Einen Augenblick später drehte er sich

wieder zum Fenster und antwortete auf meine Frage:
"Niemand weiss, warum Tiere tun, was sie tun. Aber dieser Adler ist auf dem Felsen dort geboren. Seine Mutter war schon alt und konnte zum Brüten nicht mehr ins Gebirge fliegen. Also tat sie es hier. Als dann die Jungen geschlüpft waren, starb die Alte und blieb auf jenem Felsen liegen."
Er drehte sich wieder zu mir und betrachtete mich:
"Als der Adler alt geworden war und spürte, dass seine Zeit gekommen sei, kam er täglich und setzte sich dorthin, wo seine Mutter gestorben war ... und wartete."
"Und starb er?"
"Ja, eines Tages kam ich vorbei, und er war nicht mehr da."
Ich schlug wieder die Zeitung auf und begann zu lesen. Doch der alte Mann war mit seiner Geschichte noch nicht fertig.
"Adler sind treue Tiere ..."
Ich nickte zustimmend. Der alte Mann sah mich an; sein Blick unterstrich seine Aussage. Als er nicht aufhörte, mich anzustarren, sah ich mich gezwungen zu wiederholen:
"Ja, Adler sind treue Tiere."
Auf dem Rückweg sass neben mir ein junger Bauer mit einem grossen Sack Hirse. Zu Beginn der Fahrt wechselten wir einige kurze Worte. Als wir dann an dem Felsen vorbeifuhren, stiess er mich an die Schulter und wies durch das Fenster. Er wollte ge-

rade anfangen, als ich ihn unterbrach:
„Gott erbarme sich des Adlers!! Zweifellos kennst du die Geschichte. Er war ja wirklich treu ..."
Er liess seine Hand auf sein Bein sinken und nickte bedrückt:
„Ja, die Liebe. An allem ist die Liebe schuld."
„Welche Liebe?"
„Sie hat ihn sicher geliebt."
„Wer?"
Erstaunt schaute er mich an; dann rief er:
„Das Adlerweibchen, das gestorben ist! Es scheint, du kennst die Geschichte nicht."
Er richtete sich auf und drehte sich, so dass wir uns gegenüber sassen; der schwere Sack mit Hirse kam auf mein Knie zu liegen.
„Jeden Morgen ist sie gekommen. Erst ist sie über dem Felsen geschwebt, dann hat sie sich darauf niedergelassen. Bis Sonnenuntergang ist sie dagesessen und dann, wenn es dämmerte, ist sie in die Berge zurückgeflogen."
Ich seufzte und fragte ungeduldig:
„Aber warum?"
„Das ist eine lange Geschichte. Es heisst, zwei Adlermännchen hätten sich einmal auf diesem Felsen um sie gestritten. Ihr Gekreisch ist weithin zu hören gewesen. Sie haben aufeinander eingehackt, bis sie bluteten. Schliesslich hat einer von ihnen den anderen umgebracht. Aber das Adlerweibchen hat den Sieger nicht geliebt, und so ist der Arme nochmals in einen Streit geraten, diesmal mit ihr, in dem

er aber den kürzeren zog — er ist seinem Nebenbuhler gefolgt ..."
„Und dann?"
Er deutete mit dem Daumen nach hinten, wo der Felsen vorbeizog, und nickte kummervoll mit dem Kopf:
„Bis zu ihrem Tod hat sie auf dem Felsen die beiden beweint."
„Weisst du auch, woran sie starb?"
„Wahrscheinlich hat sie nichts mehr gegessen."
Er setzte sich wieder anders hin und schaute durch das Fenster auf die kahlen Hügel hinaus. Dann flüsterte er:
„Adlerweibchen sind grausam ..."
Eine Woche später, ich hatte die beiden Geschichten schon fast vergessen, rief sie mir eine Frau mittleren Alters, die neben mir sass, ins Gedächtnis zurück:
„Er an ihrer Stelle ..., ob er sich auch so verhalten hätte?"
Sie zeigte auf den Felsen und schaute mich an, als suche sie bei mir eine Bestätigung.
„Wer weiss?" sagte ich. „Möglicherweise hätte er sich auch so verhalten. Schliesslich ist er doch für sie gestorben?"
„Für sie?" rief sie laut. Dann schüttelte sie den Kopf.
„Sie sind immer beide hierher gekommen. Ich habe sie jede Woche beim Vorbeifahren gesehen ... Sie haben sich geschnäbelt und geschnurrt wie Katzen.

Ich war damals noch mit Abulhasan verlobt. Darum habe ich immer aufmerksam hingesehen, wenn ich vorbeigefahren bin. Dann, einige Zeit später, habe ich sie alleine sitzen sehen. Wahrscheinlich ist er einer anderen hinterhergeflogen ..."
Ich lachte und fragte scherzhaft:
„Wie kommst du darauf, er sei hinter einer anderen hergeflogen?"
„So seid ihr alle, auch die Adler. Vielleicht hat er eine Jüngere gefunden und darum die andere verlassen."
Sie schaute mich herausfordernd an und schlug mir mit der Hand aufs Bein.
„Und weisst du was? Sie ist auch nach seinem Verschwinden jeden Tag dorthin geflogen, hat sich hingesetzt, hat gewartet und geschrien – bis zu ihrem Tod."
„Und woran ist sie gestorben?"
„Aus Gram, ganz sicher."
Auf der Rückfahrt sass ich diesmal alleine im Bus. Doch der Fahrer liess mir keine Ruhe. Er zeigte auf den Felsen und erklärte mit einer Stimme, die den Motorenlärm übertönen musste:
„Man erzählt viele Geschichten von einem Adler, der auf diesem Felsen da sass. Aber das sind alles Hirngespinste. Der Adler ist dort gesessen, weil er sein Nest dort hatte. Danach ist er umgezogen."
Ich beugte mich vor, um ihn besser zu verstehen und fragte schreiend:
„Und warum?"

„Damals, als er immer dort gesessen ist, bin nur ich und ein Kollege auf dieser Linie gefahren. Wir haben ihn mit unserem Vorbeifahren nicht gestört. Aber dann gab es immer mehr Autos. Die meisten fahren mit Diesel. Dieselabgase sind sehr unangenehm; der Lärm ist noch unangenehmer. Da ist der Felsen nicht mehr geeignet gewesen, und der Adler ist weggeflogen und hat sein Nest in die Berge verlegt."
Kurze Zeit, es war höchstens eine Woche, fuhr ich wegen einer plötzlichen Erkrankung nicht. Als ich dann meine Arbeit wieder aufzunehmen imstande war, begleitete mich bei der Busfahrt ein neuer Kollege, dessen angenehmste Eigenschaft seine Schweigsamkeit war. Die Arbeit auf dem Land war etwas Neues für ihn; deswegen verbrachte er die Fahrt ohne zu reden, worüber ich glücklich war. Doch als wir an dem Felsen vorbei kamen, stiess ich ihn an; ich war das Schweigen leid und hatte nichts dagegen, ein wenig zu plaudern:
„Siehst du diesen Felsen da? Du wirst künftig noch viele Geschichten über ihn hören, und bei allen spielt ein Adler eine Rolle."
„Ein Adler?"
„Ja..."
Er schwieg und mir kam es so vor, als sei er drauf und dran einzuschlafen; ich nahm das Gespräch nochmals auf:
„Ich glaube, es war ein junger Adler. Er flog jeden Tag hin und sass dort bis zum Abend, und zwar

weil seine kleinen Flügel nicht kräftig genug waren, ihn auf einen höheren Felsen zu tragen. Als er dann herangewachsen war, suchte er sich eine höhergelegene Stelle."
Mein Kollege nickte mit dem Kopf. Mir schien, er wolle sich nicht unterhalten, sondern lieber wieder schlafen.
Auf dem Rückweg setzte sich ein alter Reisegefährte zu mir ... Während all dieser Zeit war der Felsen zu einer Wegmarke und zu einem Gesprächsthema geworden ... Als wir daran vorbeifuhren, wandte ich mich an meinen Reisegefährten:
„Weisst du etwas über diesen Felsen?"
„Alles und jedes."
„Wie kommt das?"
„Als man mich aufgrund meiner politischen Tätigkeit an meiner ehemaligen Arbeitsstelle entlassen hat, habe ich hier in der Gegend gearbeitet. Deshalb kenne ich all die Adlergeschichten."
„Und welche ist deiner Meinung nach wahr?"
Er streckte sich auf seinem Sitz; dann blickte er entspannt aus dem Fenster. „Der Adler, der kam einfach hierher, weil er hierher kommen wollte. Da ist überhaupt nichts Geheimnisvolles dabei. Warum setzt sich ein Schmetterling auf eine Blüte und nicht auf eine andere? Das ist genau das gleiche. Er ist gekommen und hat sich dorthin gesetzt. Danach ist er in aller Ruhe zu seinem Nest zurückgeflogen."
„Aber es wird behauptet, er sei gestorben."
„Ja, man hat ihn getötet."

Er wies mit dem Finger auf eine weisse Hütte, die einige Dutzend Meter von dem Felsen entfernt stand.
„Bevor die Polizei diesen Wachposten eingerichtet hat, ist der Adler täglich gekommen. Auch danach noch ist der Adler gekommen. Doch einer aus der Wachmannschaft hat ihn eines Tages mit der Pistole erschossen, da ihn angeblich sein Gekreisch gestört hat."
„Er hat ihn tatsächlich getroffen?"
Er nickte langsam mit dem Kopf und betrachtete wieder den Wachposten. Dann murmelte er:
„Er hat ihn getroffen, aber nicht tödlich. Er hat versucht wegzufliegen, doch er ist nicht mehr hinaufgekommen und ist dann ins Tal gestürzt."
Der Winter kam. Die Busse fuhren eine andere Strecke, auf einer Strasse, die schneefrei blieb. So hörte ich während der Wintermonate nie etwas über den Felsen und den Adler. Erst im Frühjahr dann fuhren die Busse wieder die alte Strecke. Ich weiss nicht, hatte ich den Felsen vergessen, weil lange nicht darüber gesprochen worden war oder weil der Weg im Frühjahr so anders, so faszinierend aussah und meine ganze Aufmerksamkeit auf sich zog? Wie dem auch sei, Tage vergingen, bevor ich aus dem Fenster sah und zufällig den Felsen erblickte, auf dem ein grosser Adler, die grauen Flügel angelegt, wie ausgestopft sass und in Richtung Strasse starrte.
„Der Adler ist wieder da", rief ich, als ob es sich

um eine bedeutende Mitteilung handle. Dabei stiess ich meinen Sitznachbarn, einen kleinen Jungen, an und wies mit dem Kopf auf den Felsen.
„Welcher Adler?" fragte der Junge unschuldig und schaute in die Richtung, in welche ich gezeigt hatte. Ich deutete mit dem Finger hinaus, um seinen Blick auf den Felsen zu lenken:
„Der da, der auf dem Felsen dort sitzt. Weisst du nicht, was es mit ihm für eine Bewandtnis hat??"
„Auf dem Felsen dort?"
„Ja ..."
Er starrte mich lächelnd an, als wäre ich nicht ganz gescheit. Ich nickte und zeigte noch immer auf den Felsen. Der Junge musterte mich aufmerksam. Dann sagte er langsam:
„Das ist kein Adler. Schau genau hin. Das ist ein kleiner wilder Maulbeerbaum. Jedes Jahr im Frühling blüht er hinter dem Felsen. Im Sommer verdorrt er dann oder die Hasen fressen ihn schon vorher."
Ich starrte aufmerksam hinüber, und da kam es mir vor, als ob der Junge wirklich recht habe. Dennoch wollte ich mich vergewissern und fragte unsicher:
„Weisst du das genau?"
Er lächelte wieder. Es bereitete ihm sichtlich Vergnügen, einen unwissenden Lehrer getroffen zu haben. Seine Worte mit einer Handbewegung unterstreichend versicherte er mir:
„Wenn die Maulbeeren reif sind, gehe ich mit mei-

nen Freunden hin, sie zu klauen. Sie schmecken fabelhaft."

Beirut 1960

Unsicherer Grund

Mit langsamen, zögernden Schritten ging Lehrer Mohsen den Gang entlang, der zu seiner Klasse führte. Es war dies seine erste Erfahrung mit der Welt der Schule. Und weil er nicht wusste, was er im Augenblick, da er die Klasse betreten werde, zu tun habe, versuchte er, diesen Moment möglichst lange hinauszuzögern.
Vergangene Nacht hatte er sich auf seinem Bett hin und hergewälzt und sich Gedanken gemacht: Es ist nicht leicht, sich vor Menschen hinzustellen ... und dann auch noch, um sie zu unterrichten! Wie kommst du dazu, so etwas zu tun. Da hast du dein armseliges Leben gelebt, ohne dass dir jemand etwas Nützliches beigebracht hätte. Glaubst du nun, du könntest anderen etwas Nützliches beibringen? Du selbst warst immer überzeugt, die Schule sei der letzte Ort, an dem ein Mensch lernen könne, wie das Leben ist. Wie kommt es nun, dass du hier Lehrer geworden bist?
Am Morgen hast du dich dann ins Zimmer des Direktors begeben, hast dich dort hingesetzt und den anderen Lehrern gelauscht, wie sie über das diskutierten, was deine Arbeit werden sollte – doch aus einem anderen Blickwinkel!

„Was sollen wir in den Klassen denn tun, wenn die Kinder keine Bücher dabei haben?"
Darauf antwortete der Direktor zunächst kurz und bündig:
„Jeder fähige Lehrer weiss seine Stunde auch ohne Bücher auszufüllen!"
Dann fügte er noch einen hämischen Vorschlag bei:
„Sie können ja eines der Kinder bitten, die Stunde für Sie zu übernehmen, wenn Sie dazu nicht in der Lage sind!"
Der da ist also ein Schuldirektor, sagte sich Lehrer Mohsen, und will seinen Lehrern vom ersten Augenblick an einen Unterricht in Ordnung und Gehorsam beibringen. Er hat sein Gehalt vor einer Woche kassiert, und jetzt muss er sich unseres Geistes bemächtigen.
Er goss seinen Tee hinunter und stand auf ...
Lehrer Mohsen ging mit schweren Schritten den langen Gang voller Kinderlärm und Geschrei entlang. Er fühlte sich wie in einem Strudel, der ihn auf eine bedeutungslose Zukunft voller Lärm und Schwachsinn hintrieb ... voller Lärm und Schwachsinn, nichts anderem!
„Ich weiss eine schöne Geschichte, Herr Lehrer! ..."
Das rief ein Kind, das auf der hintersten Bank wie ein Häuflein Elend sass, und bot damit eine passende Lösung für jene verworrene Situation. Noch bevor Lehrer Mohsen dem Vorschlag zustimmen

konnte, war das Kind aus den Platzreihen herausgekommen und hatte sich vor seine Kameraden hingestellt – in kurzen, viel zu weiten Hosen, einem Hemd aus altem Stoff wie ihn Frauen tragen und mit schwarzem dichtem Haar, das ihm bis über die Augen hing ...

„Mein Vater war ein guter Mensch. Sein Haar war grau. Er hatte nur ein Auge. Das andere hatte er sich selbst ausgestochen, als er eine dicke Sohle an den Schuh eines fetten Mannes nähte. Er war ganz beschäftigt mit dem Schuh und versuchte angestrengt, die dicke Nadel in die Sohle zu stecken. Aber die Sohle war sehr hart. Er drückte, so sehr er konnte, aber es ging nicht. Er drückte noch mehr, aber es ging nicht. Dann nahm er den Schuh an seine Brust und drückte mit aller Kraft. Plötzlich kam die Nadel auf der anderen Seite heraus und stach ihm ins Auge ...

Mein Vater war ein guter Mensch. Sein Bart war nicht lang. Doch war er auch nicht kurz. Er arbeitete viel. Und er verstand sich auf seine Arbeit. Er hatte immer viele Schuhe bei sich zum Reparieren und zum Aufarbeiten. Aber mein Vater besass keine richtige Werkstatt. Er hatte auch niemand, der ihm bei der Arbeit half. Seine Werkstatt war eigentlich eine Kiste aus Holz, Blech und Pappe, und es ging nicht mehr hinein als er selbst, ein paar Nägel, die Schuhe und der Amboss. Dann war nicht einmal mehr für eine Mücke Platz. Ein Kunde, der seinen Schuh reparieren lassen wollte, musste vor

der Kiste stehenbleiben ...
Die Kiste stand am Hang eines Hügels, auf dem die Villa eines reichen Mannes thronte. Niemand konnte die Kiste entdecken, wenn er vom Balkon der Villa des reichen Mannes Ausschau hielt. Auf ihrem staubbedeckten Dach war nämlich Gras gewachsen. Deshalb fürchtete mein Vater nicht, dass der Besitzer der Villa seinen Unterschlupf entdecken und ihn fortjagen könnte. Der Besitzer der Villa kam nie von seiner Villa herab. Die Diener brachten ihm alles, was er haben wollte. Sie hatten mit meinem Vater abgemacht, die Sache vor ihrem Herrn geheim zu halten. Dafür reparierte ihnen mein Vater umsonst ihre Schuhe!
So setzte mein Vater seine Arbeit ohne Furcht und Sorge fort. Die Leute merkten, dass er ihre Schuhe mit Geschick reparierte, dass er sie sogar wie nagelneu machte. Darum kamen jeden Tag mehr Schuhe zu ihm. Und er arbeitete den ganzen Tag und die halbe Nacht ununterbrochen. Zu meiner Mutter sagte er immer: 'Morgen werden die Kinder zur Schule gehen!'
Meine Mutter sagte immer zu ihm: 'Dann wirst du dich ein wenig von deiner mühsamen Arbeit erholen.'"
Der Junge ging an seinen Platz zurück; doch seine Kameraden rührten sich nicht. Da rief Lehrer Mohsen:
„Warum klatscht ihr eurem Freund nicht Beifall? Hat euch die Geschichte nicht gefallen?"

„Wir wollen noch erfahren, wie es weiterging ..."
„Geht deine Geschichte noch weiter?"
„Ungefähr vor einem Monat hatte sich bei ihm so viel Arbeit angehäuft, dass er nicht mehr nach Hause kommen konnte. Meine Mutter sagte zu uns: 'Er arbeitet Tag und Nacht, ohne seine Kiste zu verlassen. Er hat auch keine Zeit herauszukommen.' Der reiche Mann aber sass Tag und Nacht auf seiner Terrasse und ass Bananen, Orangen, Mandeln und Nüsse; die Schalen warf er immer über die Hecke der Terrasse seiner Villa auf den Hang. Eines Morgens war der Hügel ganz voll mit Schalen. Die Diener konnten die Kiste meines Vaters unter all diesen Schalen nicht mehr finden. Meine Mutter sagte: 'Er ist so vertieft in seine Arbeit, dass er nie merkte, was man alles auf seine Kiste geworfen hat. Höchstwahrscheinlich sitzt er noch immer in seiner Kiste und repariert eifrig all die Schuhe, die er bei sich hat, damit er sie rechtzeitig zurückgeben kann, und wenn er damit fertig ist, wird er nach Hause zurückkehren ...' Ich glaube aber, dass er dort gestorben ist."
Die Schüler klatschten; der Junge ging an seinen Platz zurück und setzte sich ruhig hin. Sechzig glänzende und strahlende Augen blickten wieder auf Lehrer Mohsen ...
Lehrer Mohsen nahm den Jungen ins Zimmer des Direktors mit. Auf dem Weg fragte er ihn:
„Glaubst du wirklich, dass dein Vater gestorben ist?"

„Mein Vater stirbt nicht. Ich habe das nur gesagt, um mit der Geschichte fertigzuwerden. Hätte ich das nicht getan, wäre sie niemals zu Ende; denn in einigen Monaten ist es Sommer; dann trocknet die Sonne die Haufen von Schalen; dann werden sie leichter, und mein Vater kann sie entfernen; dann wird er wieder nach Hause kommen."

Als Lehrer Mohsen ins Zimmer des Direktors kam, sagte er zu ihm:

„Ich habe in meiner Klasse einen genialen Jungen; ich glaube, er ist grossartig. Lassen Sie sich von ihm erzählen, was mit seinem Vater geschehen ist ..."

„Was ist seinem Vater geschehen?"

„Seine Werkstatt war sehr klein, und er war geschickt. Eines Tages erreichte sein Ruf den Besitzer der Villa, die seinen kleinen Laden überragte. Dieser liess ihm alle alten Schuhe, die er hatte, zum Reparieren bringen, und er machte sie wie neu. Alle Diener waren zwei volle Tage mit dem Transport jener Schuhe in den kleinen Laden beschäftigt. Als sie damit fertig waren, war mein Vater unter den Schuhhaufen erstickt; der Laden fasste gar nicht alle jene Schuhe ..."

Der Direktor schob seinen Daumen in die Westentasche und dachte ein wenig nach:

„Dieser Junge ist übergeschnappt", sagte er dann. „Wir müssen ihn in eine andere Schule schicken."

„Ich bin überhaupt nicht übergeschnappt", entgegnete der Junge. „Gehen Sie zur Villa des reichen

Mannes und schauen Sie sich seine Schuhe an! Sie werden daran Stücke vom Fleisch meines Vaters finden; ja, vielleicht werden Sie seine Augen und seine Nase an der Sohle irgendeines Schuhs finden ... Gehen Sie nur dorthin ..."
„Ich glaube, der Junge ist übergeschnappt ..."
„Er ist überhaupt nicht übergeschnappt", erwiderte Lehrer Mohsen. „Ich selbst habe einmal meine Schuhe bei seinem Vater reparieren lassen. Als ich sie nochmals reparieren lassen wollte, sagte man mir, er sei gestorben."
„Wie ist er gestorben?"
„Er nagelte eine Sohle an einen alten Schuh. Eines Tages hatte er viele Nägel in jene Sohle eingeschlagen, um sie richtig festzumachen. Als er damit fertig war, stellte er fest, dass er seine Finger zwischen Schuh und Amboss eingeschlagen hatte. Stellen Sie sich vor! Er war so stark, dass er Nägel in den eisernen Amboss treiben konnte. Als er aufzustehen versuchte, konnte er nicht. Er war fest mit dem Amboss verbunden. Doch die Passanten weigerten sich, ihm zu helfen. So blieb er da hängen, bis er starb ..."
Der Direktor blickte mehrmals Lehrer Mohsen an, der dort neben dem Jungen stand, beide so eng beieinander, als seien sie eine einzige Person. Er schüttelte mehrmals den Kopf, ohne etwas zu sagen. Dann setzte er sich wieder auf seinen bequemen Lederstuhl und begann, seine Papiere durchzu-

schauen, wobei er von Zeit zu Zeit verstohlen Lehrer Mohsen und den Jungen musterte.

Beirut 1961

Nur zehn Meter

Mehr oder weniger dieselben Umstände hatten uns dorthin geführt. In einer Art heroischer Entscheidung hatten wir das Exil gewählt, um unseren Familien zu schicken, was sie zum Lebensunterhalt benötigten. Als wir uns dort trafen, versuchten wir angestrengt, unser Leben irgendwie erträglich zu machen.
Ungewollt, ohne uns so recht klar darüber zu werden, knüpften wir ein weites Netz oberflächlicher Bekanntschaften: Das Leben dort war trocken und dürr, und auch jene Bekanntschaften konnten nur wenig Licht und Luft hineinbringen. Die Männer waren alles in allem nicht übel, auch wenn das Leben sie derber und rauher gemacht hatte. Jahr um Jahr hatten wir uns an jene Art Leben gewöhnt, hatten uns auch an die Rauheit des Umgangs gewöhnt — wir waren's zufrieden, wenn wir uns überhaupt nur mit Leuten trafen. Das war das Teuerste, was man dort im Exil haben konnte.
An unseren freien Tagen sassen wir in kleinen Gruppen zusammen, spielten Karten, schimpften und vertrieben uns die Zeit — wir nannten das einfach Zeitvertreib — mit kleinen Glücksspielen.
Heute vormittag verliess ich mein ruhig am Stadt-

rand gelegenes Haus. Ich hatte beschlossen, zu Fuss einen Freund aufzusuchen. Seit dem frühen Morgen, seit dem Aufstehen nämlich, hatte ich mit meinem Zimmerkameraden einen blödsinnigen Streit gehabt. Er hatte nämlich gelauscht, als ich mich mit der Frau unterhielt, die immer unsere Wäsche holt und sie am Meer wäscht. Es ist wahr, ich hatte geglaubt, er schlafe noch. Aber es kümmerte mich überhaupt nicht, ob er schlief oder wach war. Die Frau war gross und kräftig, wenn auch etwas schmuddelig; sie hatte ein rundes Gesicht:
„Bist du allein?"
„Ja. Komm rein ... los!"
„Nein, nein! Ich kenne euch. Sicher sind mindestens zehn Männer drin, und die wollen dann alle nacheinander. Ihr lügt ja immer."
Ich packte sie am Handgelenk, es war zart und weich. Doch da liess mein Freund etwas auf die Erde fallen, und die Frau lief entsetzt weg.
„Du hast den Spiegel absichtlich runtergeworfen."
„Jawohl, absichtlich. Ich musste verhindern, dass du dich so widerlich benimmst!"
„Was meinst du damit? Du bist noch ein Neuling hier. Bald werden auch dich das heulende Elend und die Sehnsucht erweichen."
Die Strasse war lang, teilweise ungepflastert, nichts war zu hören. Und wie ich einsam unter der glühendheissen Sonne dahinwanderte, kam mir das wie heller Wahnsinn vor, und ich überlegte mir, ob

ich mir ein Taxi nehmen solle. Es sei ja wirklich nicht angenehm, zu dieser Tageszeit auf einer solchen Strasse zu gehen. Doch ging ich weiter, als hätte der Gedanke überhaupt nichts mit mir zu tun gehabt.

Es war sinnlos, ihn darauf hinzuweisen, dass diese Gesellschaft aus dem Gleichgewicht sei — eine einzige Frau auf siebzig Männer, die sie noch nicht einmal zu Gesicht bekommen! Alles verliert seinen Sinn, wenn man sich daran gewöhnt. Jeden Nachmittag spiele ich Karten. Ich verliere, ich gewinne, ich fluche, ich streite. Am nächsten Morgen ist dann alles vorbei. Wenn die Frau ins Haus gekommen wäre, wenn sie mit mir in das dreckige, schweissfeuchte Bett gegangen wäre, dem noch der Schlafgeruch anhaftet, das wäre etwas Menschliches, Neues, etwas Lohnendes gewesen.

„Wie? Du willst ein unschuldiges Mädchen verführen? Der Mensch hat seine Triebe unter Kontrolle zu halten."

„Ach was! Wie albern ihr doch seid! Da wollt ihr angesichts der menschlichen Verzweiflung und des menschlichen Elends mit aller Gewalt 'zivilisiert' sein."

„Taxi der Herr?"

„Nein, ich bin gleich da."

Vor mir lag noch eine halbe Stunde Weg. Es ist wirklich lächerlich, sich in ein Auto zu setzen — als Nutzniesser der Zivilisation. Da entwickelt man überhaupt kein Gefühl für die eigene Dimension!

Fluch über diese Zivilisation, über die wir ebenso grossartig daherreden, wie wir Karten spielen!
„Nehmen wir einmal an, die Frau wäre dir ins Haus gefolgt ... Was hätte dir die ganze Sache gebracht. Hätte dich nicht anschliessend dein Gewissen gequält?"
„Gewissen? Mein Gewissen, mein Kleiner, das sind meine Wünsche, meine Sehnsüchte ... meine normalen Bedürfnisse. Das ist etwas, was ich hier gelernt habe."
Die Hitze war noch immer unerbittlich. Doch ebenso unerbittlich war noch immer mein Wunsch weiterzugehen. Im Schatten des Gebäudes, an dem ich gerade vorbeiging, sassen vor einem Laden zwei Männer und spielten Tricktrack. Beide waren, soweit ich das — sie sassen ja — abschätzen konnte, gross und fett, und obwohl sie beide voller Hingabe spielten, bemerkte ich, noch etwa zehn Meter von ihnen entfernt, dass sie sich über etwas anderes als das Spiel unterhielten.
Ebenso wie man an Vieles gleichzeitig denken kann, vermochte ich die ganze Szene mit einem Blick zu erfassen: Neben den beiden Männern sass ein dritter, magerer, der mit wachen Augen die anderen beobachtete. Es schien mir, als versuche er immer wieder, die anderen beiden zu unterbrechen, doch zog er sich irgendwie gedemütigt wieder in sein Schweigen zurück. Sein Gesichtsausdruck war alles andere als zufrieden. Er hielt einen kleinen, vielleicht sechsjährigen Jungen am Ober-

arm fest. Das Kind hatte den Kopf zur Strasse gewandt und betrachtete mit Freude und Interesse die Autos und die Menschen; zwei Finger hatte es in den Mund gesteckt und lutschte unbekümmert und hörbar daran.
Rafik wird jetzt auf seinen Spielpartner warten. Nun ja, was soll's. Soll er warten ... In diesem Land gibt es nichts Angenehmeres als, losgelöst von Ort und Zeit, einen Augenblick des Traums zu durchleben — selbst unter sengender Sonne. Die Waschfrau hatte ein bezauberndes rundes Gesicht. Ihre Unterlippe war reif, gerade recht, um gepflückt und aufgebrochen zu werden. Hätte nur dieser Idiot nicht seinen Spiegel fallen lassen, dann wäre vielleicht etwas daraus geworden.
Das mit dem Gewissen! ...
Es war Mittag. Es war heiss. Es gab nicht sehr viele Leute. Auch die Autos waren weniger zahlreich als zuvor. Es war so schwül ... man hätte glauben können, es werde gleich warmes Wasser regnen.
„Taxi der Herr?"
„Ach was, nein!"
Fünf Meter noch trennten mich von den drei Männern und dem Kind. Ich schnappte etwas von dem auf, was, ohne vom Spiel aufzuschauen, der eine fette Mann zu seinem Freund sagte:
„Was meinst du? Alles hängt von deiner Zustimmung ab. Du hast deinen Stein ein Feld zu weit bewegt. Du hast nur vier — zwei gewürfelt ..."
„Es war ein Versehen", erwiderte der andere fette

Mann, „ich habe nicht versucht zu betrügen ... Ich glaube, der Kleine taugt nicht. Jedenfalls — spiel, denk nicht so lang — jedenfalls liegt die Entscheidung wieder bei dir."
„Ich weiss nicht ... Wenn er ein oder zwei Jahre älter wäre ... Also diese Kreatur betrügt doch dauernd, und nur weil ich so gutmütig bin ... Sechs—eins ... Ich werde zwei Steine auf einmal schnappen. Pass auf ..."
Ich war auf ihrer Höhe und betrachtete den Jungen. An seinen Fingern lutschend, mass er mich mit grossen Augen. Dann schob er schüchtern seine Zungenspitze hervor, streckte den Kopf ein wenig nach vorn und lächelte. Ich verlangsamte meine Schritte und hörte, wie der magere Mann, der den Jungen jetzt unsanft vor die beiden Männer schob, sagte:
„Was wollt ihr eigentlich? Ihr habt ihn euch ja noch nicht einmal richtig angeschaut."
Jetzt hatte ich sie alle im Rücken. Ich ging noch langsamer und hörte einen der beiden Männer sagen:
„Ich verstehe nicht, wie du dazu kommst, dich so zu empören. Du bist doch nichts als ein Zuhälter."
Die beiden über das Spielbrett rollenden Würfel klackerten. Dann knallte einer der beiden Männer seinen Stein heftig auf das dünne Holzbrett. Gleichzeitig lachte der andere dünn und abgehackt:
„Ich meine nicht", hörte ich ihn gerade noch sagen,

„dass er schlecht ist, wie du glaubst. Wenn ich dächte ..."
Jetzt konnte ich nichts mehr verstehen. Ich hätte mich gern umgedreht, doch ich fand nicht mehr die Kraft dazu.
„Taxi der Herr!"
„Nein ... nein!"
Plötzlich fühlte ich zwei kräftige Hände, die mich an der Schulter zerrten. Erschrocken drehte ich mich um:
„Das ist ein Skandal, Bruder, ein Skandal, ein Skandal."
Ich schaute ihn an: ein älterer Mann mit leicht gebeugtem Rücken. Er trug eine silberne Brille mit runden Gläsern, hinter denen zwei kleine Augen leuchteten. Er bebte, schüttelte mich und rief immer wieder:
„... ein Skandal ... ein Skandal ..."
„Was ist ein Skandal?"
Er deutete mit dem Daumen hinter sich und brachte stossweise hervor:
„Das Kind ... es hat keine Ahnung ... ein Skandal!"
Empört wandte sich der alte Mann um. Er musste hinter mir gegangen sein und dasselbe gehört haben wie ich.
Nochmals legte er mir die Hände auf die Schulter – sein Stock baumelte von seinem Arm – und schüttelte mich:
„Ein Skandal ... ein Skandal ... Was können wir nur unternehmen?"

„Nichts ... Du siehst doch, ich bin nicht sehr kräftig gebaut, und du bist ein alter Mann. Ausserdem würde das die Welt auch nicht besser machen!"
Verzweifelt liess der alte Mann seine Hände sinken. Dann blickte er sich um:
„Das Kind ... das Kind, es hat keine Ahnung."
Und wie zu sich selbst wiederholte er:
„Ausserdem würde das die Welt auch nicht besser machen."
„Taxi der Herr?"
„Ach was, nein, nein ...!"
In Hitze und Staub und unter einer erbarmungslos brennenden Sonne setzte ich meinen Weg fort. Ein Taxi? Warum? Hätte mich das die zehn Meter fahren können, die ich gerade gegangen war? Ein Taxi? Nein! Das würde die Welt auch nicht besser machen!

Kuweit 1959

Der steinerne Löwenkopf

Zu jener Zeit überflutete die Armut mein Leben wie eine schwere Welle, die Sand und Kiesel mitführt. Dennoch gelang es mir, mich davon zu überzeugen, dass es sich um eine völlig ruhige Welle handelt und dass sie, auch wenn sie mir den Atem nahm, dies sehr ruhig und geräuschlos tat.
Dazuhin versank ich in Schulden. Das war das Schlimmste dabei. Denn der andere Redakteur, mein Kollege bei der Zeitschrift, verlangte von mir ständig mit einem Blick aus seinen kleinen Augen die sieben Pfund und fünfundvierzig Groschen zurück. Soviel hatte er dem kleinen schmutzigen Restaurant bezahlt, dessen Laufbursche mir jeden Morgen einen Teller Bohnen mit Zwiebeln ins Büro brachte. Und der Besitzer des Krämerladens gleich neben unserem Haus grüsste mich jeden Morgen so laut es seine Stimmbänder erlaubten, die tief in seinem, einem Stiernacken nicht unähnlichen Hals begraben lagen. Das tat er nur, um mich an die mindestens siebenundzwanzig Pfund zu erinnern, die in seinem dicken Heft verzeichnet waren. Dafür hatte ich bei ihm sowohl billigen Tabak als auch Brote erstanden, die ich mir dann und wann zusammen mit ein paar Oliven, etwas Käse

oder, im besten Fall, einigen Fleischkonserven besorgte.

Das alles war schon schlimm genug. Viel schwerer auf der Seele lastete mir aber mein Freund Nabil, der mir irgendwann einmal auf einen Schlag fünfhundert Pfund geborgt hatte und diese erst zurückgezahlt haben wollte, wenn sich alles gebessert habe ... Als ich jedoch allmählich spürte, dass sich bei mir weder in näherer noch in fernerer Zukunft etwas bessern werde, merkte ich, wie mir die Schuldenlast die Zunge band und mich nicht einmal einen Gruss finden liess, wenn wir uns per Zufall auf der Strasse trafen, und wie sie mir drohend gegenübertrat, wenn widrige Umstände mich an seinem Büro vorbeizugehen zwangen ...

Damals erschien mir die Welt klein und erbärmlich, als eine Welt voller Unrecht, eingezwängt zwischen dem Laden des fetten Krämers, dem Tisch des altersschwachen Chefredakteurs und dem Büro meines Freundes Nabil. Auf der vierten Seite war zweifellos ein Notausgang – Freund Amer, der immer in den Stunden ärgster Bedrängnis auftauchte und mich zu einer Tasse Kaffee in einem Lokal am Meer einlud. Dann lieh er mir sein Ohr, das ich mit meiner Hoffnungslosigkeit und meinen Schimpfereien füllte; und er nickte mit dem Kopf, schlürfte seinen letzten Schluck Kaffee und meinte, dass es sicher nicht noch schlimmer kommen werde.

Alles in allem war Amer kein schlechter Bursche –

das heisst in dem Rahmen, in dem ich mit ihm verkehrte. Doch es gab auch viele Dinge, bei denen wir verschiedener Meinung waren. Diesen gingen wir aus dem Weg. Amer war als Sohn eines italienischen Vaters und einer französischen Mutter geboren, die beide schon lange, bevor sie sich kennenlernten, hier im diplomatischen Dienst gearbeitet hatten. Und wenn sie sich auch in vielem verstehen mochten, das Wichtigste, was sie miteinander verband, war ihre Liebe zum Orient und der Wunsch, ihr Leben hier zu verbringen.

Als dann ihr erster Sohn geboren wurde, nannten sie ihn Amer, zogen ihn als Araber auf und lehrten ihn als erstes die arabische Sprache. Daher spricht er auch besser arabisch als italienisch und französisch.

Doch was später geschah, hatten die zur Mystik neigenden Eltern wohl nicht so erwartet. Als Amer nämlich herangewachsen war, ergriff seine Eltern eine plötzliche Sehnsucht nach ihrer Heimat, und obwohl sie sich nie darüber aussprachen, dauerte es gar nicht lange, bis sie spürten, dass die ruhige Harmonie, die zwischen ihnen und dem Orient bestanden hatte, gestört war. Darum beschlossen sie eines Tages, in ihre Heimatländer zu reisen und sich dort etwas umzusehen, ehe sie wieder in den Orient zurückkehrten.

Wir, Amer und ich, kannten uns damals wie sich zwei Studenten kennen, die gemeinsam schwere Prüfungen bewältigen. Wir waren zusammengekoppelt wie zwei Rennpferde, die Kopf an Kopf durchs Ziel gehen. Deshalb vermissten wir uns auch sehr, als wir uns trennen mussten. Doch viele Jahren vergingen, während der wir einander fast vergassen. Dann kehrte er zurück. Eines Abends, unmittelbar nach seiner Rückkehr, besuchte er mich. Inzwischen war er Ingenieur für Flugzeug- und Motorentechnik geworden. Mich traf er als kleinen Journalisten an, der mal eifrig mal träge die Geschehnisse verfolgte und aus dem Auf und Ab der Zeitungsspalten mal Ärger mal Befriedigung bezog.

Beide bemerkten wir sofort, dass wir uns sehr fremd geworden waren. Einmal sagte ich ihm das recht schroff; er nahm es ruhig auf und schlug vor, wir sollten uns künftig von all dem fernhalten, was uns trennte, denn jeder von uns brauche den anderen wie alte Eheleute einander brauchen wegen all der Erinnerungen an ihre einstige Liebe.

Amers Welt war eine geordnete Welt. Das war das Ergebnis langer wissenschaftlicher Studien. Und im selben Mass, wie seine Eltern mit dem Orient verbunden waren, war er mit dem Westen verbunden. Er meinte dazu verschiedentlich, seine Eltern seien eine Dissonanz in der Familiensymphonie gewesen, er dagegen habe wieder die richtige Tonart gefunden. Dennoch blieb Amer für mich der Notausgang in diesem fest umzirkelten und abgesperrten Bereich um mich herum. Ich wusch meinen grossen Kummer in der kleinen Tasse Kaffee,

die wir gemeinsam von Zeit zu Zeit am Meer tranken.
Nie geschah etwas, was mein Verhältnis zu Amer getrübt hätte. Er nahm alles offenherzig auf. Wirklich nichts geschah, was dieses Verhältnis getrübt hätte – bis zu dem Tag, da ich bei ihm über meine elende Lage klagte und ihn um einen Vorschlag bat, wie ich den Teufelskreis durchbrechen könnte.
„Nun gut, warum überredest du nicht deinen Vater, euer Haus zu verkaufen? Das ist doch euer Eigentum, nicht wahr? Es stimmt ja, es ist alt. Aber es sollte doch genügend einbringen, dass ihr, du und dein Vater, eure Schulden bezahlen könnt. Ausserdem könntest du noch das Kapital der Zeitschrift aufstocken und überdies zur Weiterbildung nach Europa gehen."
Ich antwortete nicht. Schaute aufs Meer hinaus, um einer Diskussion auszuweichen, die zu vermeiden wir uns geeinigt hatten. Doch obwohl ich vieles zurückhielt, was ich gern gesagt hätte, konnte ich nicht umhin, etwas laut auf die Tischplatte zu trommeln ... Ja, ich würde ganz sicher alles und jedes tun müssen ... Dieser Gedanke ging mir durch den Kopf. Ich wusste auch, dass meinem Vater nichts Grossartigeres passieren könnte, als meine Zustimmung zum Verkauf des alten Hauses zu erhalten. Für ihn wäre das die endgültige Lösung vieler Probleme. Doch für mich war es immer undenkbar gewesen, jemals die Zustimmung dafür über die Lippen zu bringen. Ja, auch mein Vater

hatte nie den Mut gehabt, von mir diese Zustimmung zu verlangen oder auch nur zu erbitten. Der Verkauf des alten Hauses war meine schwächste Stelle.
Plötzlich füllten sich meine Augen mit Tränen. Vergeblich versuchte ich, sie zurückzuhalten. Ich spürte, ich war drauf und dran, loszuweinen wie ein kleines Kind. Ich richtete mich auf und atmete tief ein, um dieses Ding hinunterzubekommen, das mir wie ein breites Messer in der Kehle steckte. Es gelang mir erst, als jener seltsame Geruch meine Brust durchzog, der immer unerklärlich über dem Hof unseres Hauses lag – ein Gemisch aus Moder, dem Geruch des Jasminstrauchs und dem Duft der Blätter des hochstämmigen Orangenbaumes. Ein besonderes, seltsames Gemisch, das ich eingeatmet hatte, seit ich auf jenem Hof meine Kindheit verbrachte, auch als ich dort heranwuchs, ein Geruch, der einem Nase und Brust füllte und die Adern durchströmte. Wie oft hatte ich diesen Geruch eingeatmet, in meinem Zimmer liegend, dessen drei hohe farbige Glasfenster auf den Hof blickten! Vorne im Hof unter der Holztreppe stand ein Wasserbecken, daneben ein steinerner Löwe mit einem riesengrossen Kopf. Aus seinem Maul sprudelte Tag und Nacht Wasser, das den Duft des Flusses, der Erde und der Obstgärten mitbrachte. Durch die hohen farbigen Glasfenster hörte man im Zimmer verhalten das Plätschern des Wassers, vermischt mit dem Rauschen des Orangenbaumes

und den fernen Stimmen der Nachbarn, die einen neuen Tag begannen. Es gab auch Vögel, die sich im Baum versteckt hielten und die nur meine Augen erspähten. Mein Vater sagte immer, diese Vögel würden unseren Baum so gut kennen wie wir selbst; und sie würden sich von den Hausbewohnern weder beunruhigen noch vertreiben noch verängstigen lassen.
Unser Haus ... Der offene Hof war mit grossen braunen Granitplatten ausgelegt. Die Holztreppe war in der Mitte ausgetreten; auch ihr Anstrich war verschwunden, doch sonst war sie kräftig und gut erhalten ... Meist fielen während der Nacht einige trockene Blätter auf den feuchten Hof. Am Morgen vernahm ich dann das feine Knistern, wenn sie unter dem Schritt meines Vaters, der auf dem Weg zum Markt den Hof durchquerte, zerbrachen. Später kehrte meine Mutter sie zusammen, und ich hörte schwach das Geräusch des Fegens ... Und der Baum wuchs und wuchs ... und der Jasminstrauch blühte ... und der Löwe plauderte ... Meinem Zimmer gegenüber lag ein anderes, geräumiges, mit einem grossen Teppich, den meine Mutter mit ins Haus gebracht hatte, und einer hohen Holzdecke. Es besass sechs kleine Fenster, je zwei ganz oben an jeder Wand, und jedes war wie ein zehnzackiger Stern aufgeteilt und mit blauem, rotem und gelbem Glas ausgelegt.

„Sprich nicht von unserem Haus", sagte ich plötz-

lich und bemerkte im selben Augenblick, dass ich aufgestanden war. Ich wusste nicht mehr, wann und wie; doch nun zögerte ich nicht mehr. Ich nahm meine billigen Zigaretten und ging mit weitausholenden Schritten zur Strasse. Auf dem Weg nach Hause spürte ich den seltsamen Geruch in der Nase, spürte ihn mich durchwogen wie eine unwiderstehliche Flutwelle. Waren das die Erinnerungen, die jener unbarmherzige Geruch wachrief?
Wie unbarmherzig und wie unwiderstehlich er doch ist! Wie kann mein Vater überhaupt daran denken, das Haus aufzugeben, in dem er seit über sechzig Jahren wohnt? Wie? Füllt denn dieser Geruch nicht seine Brust? Nimmt er denn das Knistern des Laubes nicht wahr, drängt es nicht in seine Adern, wenn er mit müden Schritten über den Granit des Hofes schlurft?
„Aber mein Sohn! Wann willst du je deine Schulden bezahlen? Wann ich die meinen? Warum ist dir denn dieses alte baufällige Haus so wichtig? Dein Einkommen reicht nicht ein noch aus, deine Schwester ist noch immer auf der Schule, und ich selbst bin arbeitslos ... Wann, glaubst du, können wir je unsere Schulden bezahlen? Warum verkaufen wir nicht dieses alte Haus und kaufen uns eine kleine Wohnung, die auch gross genug für uns ist? ... Warum hörst du nicht auf mich und gibst zu, dass ..."
Aber er hörte niemals auf ihn. Er drehte sich auf dem Absatz um und ging, wohl wissend, dass die

weissen Brauen seines Vaters vor Zorn und Trauer bebten. Er öffnete die Tür, seine Hand fühlte den runden Messingknauf. Die Tür quietschte. Er ging hinaus. Die Treppe vibrierte unter seinen Schritten. Er durchquerte den Hof, zog die mit Nägeln beschlagene Tür hinter sich zu. Die Gasse nahm ihn auf — Fenster, die dicht aneinanderstanden; Jungen, die mit Kreide die abbröckelnden Wände besudelten; junge Männer, die sich unterhielten; alte, die auf niedrigen Strohstühlen vor den Häusern sassen; und einige alte Läden mit Regalen voller Waren. Dann die Hauptstrasse, der Krämer, die Schulden, der Chefredakteur, sein Freund Nabil und die fünfhundert Pfund, von denen er nicht einmal wusste, wie sie aussahen und wie man sie herstellte. Wie hatte es überhaupt geschehen können, dass er in einem einzigen Monat fünfhundert Pfund ausgab? Wie hatte er sich nur erlauben können, so etwas zu tun, er, der in Hunger und Entbehrung, Armut und Schulden lebte? Wie nur?
„Du führst dich auf wie Hatim* der Verschwender", sagte Amer einmal zu ihm, „und selbst isst du seit Monaten Bohnen. Wozu all dieser Unsinn? Bist du denn für die Welt verantwortlich?"
Darauf sagte er — vielleicht zu sich selbst, vielleicht zu Amer:
„Nenn es eine miese Angewohnheit. Das ist mir egal ... Aber wenn ich auf der Strasse einen Auslän-

---

* Ein für seine Gastfreundschaft sprichwörtlicher arabischer Dichter und Ritter aus vorislamischer Zeit (2. Hälfte des 6. Jahrhunderts).

der treffe, der die halbe Welt auf dem Motorrad bereist hat und nun mittellos hier angekommen ist, ich muss ihn einladen, mein Gast zu sein ... ich kann nicht anders ..."
„Warum?"
„Das ist eine dämliche Frage."
Damals war ein Ausländer mit einem verstaubten Motorrad zu ihnen ins Haus gekommen. Er hatte ihn gebeten, sein Zimmer mit ihm zu teilen, und keine weiteren Fragen gestellt.
Der junge Gast stand sprachlos in jenem ruhigen, geräumigen Haus. Als er seine Sprache wiedergefunden hatte, brachte er atemlos zwei Worte heraus:
„Wie schön!"
Ihn erfüllte das mit Stolz ... Unbewusst drehte er sich hin und her und betrachtete, als sei es zum erstenmal, all die kleinen Dinge, die plötzlich nicht mehr klein waren.
„Auf, mein Sohn!" rief sein Vater. „Tu deine Pflicht deinem Gast gegenüber."
Und seine Mutter sagte zu ihm:
„Ich werde für ihn ein Bett in deinem Zimmer herrichten."
Bevor sie aus dem Zimmer ging, wandte sie sich noch um und fügte hinzu:
„Du wirst natürlich bemüht sein, bei deinem Gast nicht das Gefühl aufkommen zu lassen, er sei dir, weil du arm bist, eine Last."
Der Gast kam sich keinen Augenblick als Last vor.

Er fühlte sich wie zu Hause, ja, er beschloss, noch ein bisschen länger zu bleiben, um da noch etwas herumzuschauen, dort noch etwas zu fotografieren und noch ein wenig herumzureisen. Er selbst war einzig darauf bedacht, dass sein Gast nicht mittellos in der fremden Stadt herumirren sollte.
Später erfuhr er, sein Gast stamme aus London, wo er an einer Universität Student sei. Er habe beschlossen, den Orient zu bereisen, nachdem er darüber einiges Wahres und viel Falsches gelesen hatte. Nun sei zwar sein Wunsch unbezähmbar, seine finanziellen Mittel dagegen bescheiden gewesen, weshalb er beschlossen hatte, ganz Europa mit dem Motorrad zu durchqueren und von dem zu leben, was ihm Umstände, Schicksal, menschliche Hilfsbereitschaft, umherreisende Landsleute oder Politiker seines Heimatlandes bescherten.
Als er dann im Orient angelangt war, entschloss er sich, seine geänderten Ansichten in einem Buch niederzulegen, mit dem er gegen die Lügen und für die Wahrheit kämpfen wollte ... Er selbst war glücklich darüber, dass James zu diesem Entschluss gelangt war. Er spürte, dass es das Haus war, das James veränderte, und dass die Blätter seines Buches nichts anderes waren als die Blätter des Orangenbaumes, die sich jeden Morgen in seinen Augen spiegelten.
Wie wurde dann alles mit einem Mal so verworren? War nicht James allein schon Last genug? Es war, als könne es dem Schicksal nicht schnell genug ge-

hen, ihn in Schulden versinken zu lassen. Nach einem Monat wollte er sich seiner Pflicht entledigen. Das war ihm klar, als er eines Morgens sein Büro betrat und die blonde junge Frau an seinem Platz antraf.
„Ich heisse Rose. Bin Engländerin. Dein Freund Mahmud, der mit mir zusammen an der Universität studiert, hat deine Zeitschrift regelmässig erhalten. Er lässt dir dafür danken und dich grüssen..."
Die junge Frau schwieg einen Augenblick. Dann stand sie auf und streckte ihm die Hand entgegen, die er schüttelte.
„Als er erfuhr, dass ich in diesen Ferien in den Orient reisen wolle, hat er mir geraten, mich mit dir in Verbindung zu setzen", fuhr sie fort. „Er meinte, euer Haus werde mich interessieren. Auch hättest du – so sagte Mahmud – Zeit und könntest mich leicht ein paar Tage lang begleiten und mir die wichtigsten Sehenswürdigkeiten zeigen."
Seine Mutter wird ihm sagen: Das Essen für einen reicht auch für zwei, und das für zwei auch für vier; das Zimmer deiner Schwester ist auch gross genug und 'in der Löwengrube gibt es jede Menge Knochen'... Seine Schwester wird ihm sagen: Durch Rose findest du Ablenkung und erfährst etwas von einer Welt, die du nicht kennst und auch nie kennenlernen wirst... Er selbst wird sich sagen: Sie wird sich mit James anfreunden, wodurch ich der Mühe enthoben bin, ihnen Gesellschaft zu leisten... Sein Vater wird ihm sagen: Eine junge Frau,

die du heimbringst, erwirbt den Schutz des Hauses und wird dir wie eine Schwester ... James wird sagen: Eine angenehme Gesellschaft in einem angenehmen Land ... Amer wird sagen: Stell mich der Schönen vor, und ich erspar dir die Schwierigkeiten, sie zu verköstigen.

Doch er wollte sie nicht in Amers Schlingen geraten lassen. Sie war zu ihm ins Haus gekommen und war ihm wie eine Schwester geworden. Amer aber ist ein Mensch des Augenblicks, der sich sein Vergnügen mit einem Auto, einem Lächeln, einer Lüge verschafft — danach lösen sich seine Versprechungen in Luft auf. Wie viele Frauen waren ihm bekannt, die Amer kannten! Wie oft hatte er ihn von einem Abenteuer mit einer Frau und diese von ihrer Liebe zu Amer erzählen hören!

Und dann? Amer hüpfte mit seinem kleinen roten Auto weiter von einer zur anderen, weinte sich an seiner Schulter aus, fragte ihn um Rat, wenn eine ihn hatte fallen lassen, und log, wenn er eine verlassen hatte. Eine Frau ging, die nächste kam, und Amer sammelte Erinnerungen und Bilder, die er bei seinen Kumpanen herumbot, wenn man wieder einmal gross von Frauen sprach oder die Männer sich sonst nichts mehr zu sagen hatten.

Als er am Abend heimkam, schnappte ihn sich James auf dem Hof und rief, Überraschung in den Augen:

„Weisst du, was geschehen ist? Rose und ich haben herausgefunden, dass wir aus demselben Stadtteil

von London stammen. Und nicht nur das, nein, unsere Häuser liegen weniger als hundert Meter auseinander. Kannst du dir das vorstellen?"
Konnte er es sich vorstellen? Nein, er konnte es nicht glauben! Für ihn bestand das ganze Leben in dieser Gasse aus Liebe und nachbarschaftlicher Nähe. Konnte man sich die Gasse denn vorstellen ohne Abu Schaker mit seinem Stuhl auf dem Trottoir, ohne den Laden des immer freundlich grüssenden Fahmi? Ist eine Gasse überhaupt eine Gasse ohne alle diejenigen, die in ihr seit Menschengedenken zusammenleben? Die jeden Flecken darin kennen? Ohne die Kinder und die Türen, die Brunnen und die Frauen? Ohne die Freuden und das Leid? Ohne Streit und Versöhnung?
Als er Rose ansah, nickte sie und lächelte ein wenig.
„Ist das nicht wirklich seltsam", sagte sie langsam und stockend, „dass sich zwei Nachbarn in einem ganz anderen Teil der Welt zum erstenmal begegnen?"
Er trat näher zu ihnen heran:
„Heisst das, ihr habt euch erst hier kennengelernt? Heisst das, ihr habt einander dort, wo ihr wohnt, nicht gekannt?"
„Ich kann mich", erwiderte Rose, „nicht erinnern, ihn auch nur ein einziges Mal während der vergangenen zweiundzwanzig Jahre gesehen zu haben. Und ich glaube, auch er kann sich nicht erinnern."
Er ging weiter. Liess sie stehen. Er war zu keiner Empfindung fähig. War müde und abgespannt.

Die Schulden häuften sich allmählich. Sein Vater sagte, er könne niemanden mehr finden, der ihm etwas leiht. Seine Mutter sagte, den Gast aufs beste aufzunehmen, sei Pflicht, auch wenn einer von ihnen seine Haut zu Markte tragen müsse ... Als er die Treppe zur Hälfte hinaufgestiegen war, drehte er sich um. Die beiden hatten ihm nachgeschaut. Er spürte, dass es unfreundlich von ihm gewesen war, sich nicht mit ihnen zu freuen. Er blieb stehen und zwang sich zu einem breiten Lächeln:
„Nun könnt ihr gemeinsam die fremde Stadt erforschen ... Tatsächlich, welch wundervoller Glücksfall. Während der kommenden zwei Wochen werde ich nämlich ständig beschäftigt sein und werde euch, so befürchte ich, nicht allzu viel Gesellschaft leisten können."
Dann telefonierte ihm Amer und versuchte ihm klarzumachen, zwei Gäste auf einmal zu beherbergen, sei eine ausgesprochene Belastung für arme Leute wie ihn, der selbst kaum sein täglich Brot verdiene. Er, Amer, würde nur zu gern einen der beiden übernehmen. Die blonde junge Frau könne durchaus bei seinen Eltern und seinen beiden Schwestern wohnen; diese würden sich freuen, zumal Rose ja eine entfernte Landsmännin von ihnen sei.
Doch er warf den Hörer auf, ohne auch nur ja oder nein zu sagen ... Seine Schwester bestärkte ihn:
„Die junge Frau aus London würde unser Haus nicht verlassen, um zu Amers Familie zu ziehen,

nicht einmal, wenn man sie dazu aufforderte."
„Warum?" fragte er sie. „Glaubst du, sie ziehe unser altes Haus all dem vor, was ihr der reiche Amer bieten könnte?"
„Nein, nein, das glaube ich nicht. Ich glaube aber, Rose würde das Haus nicht ohne James verlassen. Sie lieben sich doch!"
„Ach Unsinn ..."
„Sie haben vor, es dir heute zu sagen ... Mir hat Rose es schon gesagt."
„Zehn Tage nur, und schon lieben sie sich? So ein Unsinn!"
„Doch, nur zehn Tage. Sie haben sie schliesslich Tag für Tag miteinander verbracht, vom frühen Morgen bis Mitternacht ... Glaubst du nicht, dass das eine ausreichende Gelegenheit ist?"
„Nein, das glaube ich nicht."
Du glaubst es nicht? ... Wie oft hast du sie gesehen, wie sie gemeinsam den Jasminstrauch betrachtet und in seinem Schatten miteinander geflüstert haben! Wie oft hat er sie aus seiner Hand Brunnenwasser trinken lassen! Wie oft sie ihn! Ist es dir auch dann noch nie in den Sinn gekommen, es zu glauben, wenn du sie, die Morgensonne geniessend, eng umschlungen auf der Holztreppe sitzen sahst? Wie oft hat er ihr Jasminblüten ins Haar gestreut! Und wie oft hast du sie gesehen, wie sie sich über den Jasmin neigte ...
Du hast es nie geglaubt, weil du nicht wolltest, dass dein eigener Kummer angesichts ihres Glücks

noch wächst. Dann erfuhrst du es, sie sagten es dir einfach. Doch du hast nicht gespürt, ob dein Kummer grösser oder kleiner geworden ist. Du hast dir eingeredet, das sei der Einfluss des Hauses und habe so kommen müssen. Dann sagte dir Rose:
„Ich weiss, dass dich das bei deinen Eltern in eine unangenehme Lage bringen kann. Aber wenn du es ihnen sagen willst, sag ihnen auch, wir würden heiraten."
„Wollt ihr wirklich heiraten?" fragte er müde.
„Oder wollt ihr, dass ich lüge."
„Wir wollen wirklich heiraten ..."
Und sie heirateten ... Er gab für sie ein kleines Fest, an dem er wie ein Laufbursche die Gäste bediente. Wenige Tage später brachen sie auf, um in ihre Heimat zurückzukehren. An der Haustür sagte er ihnen Lebewohl.
Auf den Hof des Hauses fielen wieder trockene Blätter herab, die unter dem müden Schritt seines Vaters zerbrachen, der am frühen Morgen auf dem Weg zum Markt den Hof durchquerte.

„Sprich nicht von unserem Haus!" sagte ich nochmals laut, während ich den grossen Schlüssel ins Schloss der mit Nägeln beschlagenen Holztür steckte ... Mit der Dunkelheit hatte sich Ruhe über die Strasse gelegt. Nur gedämpft hörte man die Brunnen, die hinter den Türen entlang der Gasse plauderten. Ich drehte den Schlüssel und stiess die Tür auf. Dann ging ich langsam über den Hof. Aus

den Fenstern am Zimmer meiner Schwester strömte Licht und ergoss sich über den Hof wie der Schein des Vollmonds. Langsam schritt ich durch das dürre Laub. Das Knistern zerbrechender Blätter floss wie eine Melodie durch meine Adern. Ich blieb stehen. Da stand der Jasminstrauch, aus dem weisse Blüten fielen, Blüten wie kleine Kerzen. Ich sog den Duft ein, spürte in meiner Brust Regungen von Leben ... Was für ein Duft! Als ob ... als ob was? Ist das der Geist, von dem man immer erzählt? Ich stieg die Treppe hinauf, sie vibrierte unter meinen Schritten, als schlüge ihr Puls. Ich fühlte den Messingknauf an der Tür. Dann betrat ich langsam mein Zimmer.
An Schlaf war nicht zu denken. Welch kleine enge Welt, die einen des Schlafs beraubt ... Welch kleine Welt, begrenzt von einem Krämer, einem Chefredakteur, einem Freund, dessen grösster Vorteil darin besteht, nicht so schlimm zu sein wie die anderen? Welche Welt ohne Fenster ausser dieser Brust, die den Geruch des Hauses einsaugt wie ein Fisch das Wasser? Welch kleine Welt, die sich ganz gegen unser grosses Haus verschworen hat?
Durchs Fenster meines Zimmers drang das Morgenlicht herein und übergoss die Stille mit einer magischen Melodie. Noch immer offenbarte sich die Sonne unserem Haus gleich nach ihrem Aufgang. Noch immer verströmte der Jasminstrauch seinen Duft über den ganzen Hof. Noch immer sassen die Spatzen neben den Orangen, liessen sich

nicht vertreiben, nicht beunruhigen, nicht verängstigen. Noch immer stieg mein Vater die Holztreppe hinab, die unter seinen Schritten vibrierte und sich bog. Und noch immer wusch sich das junge Paar auf der anderen Seite der Erde allmorgendlich mit Wasser, das aus dem Maul des steinernen Löwen in unserem Hof hervorsprudelte.

Beirut 1961

Ein einziger Glaskasten

Wie die Versuchskaninchen lebten wir in einem sauberen Glaskasten. Wir assen gut. Wir schliefen gut. Manchmal gingen wir ans Meer, um mit Wasser und Sonne unseren Frust abzuwaschen. Dann kehrten wir in den Glaskasten zurück. Man gab uns alles — ausser Frauen. Und das war unser Problem.

Im ersten Monat fingen wir an, Zeitschriften mit farbigen Nacktfotos zu kaufen. Im zweiten Monat hatten wir keine Hemmungen mehr, die Bilder ganz offen im Zimmer aufzuhängen. Im dritten Monat kamen noch mehr Bilder hinzu. Im vierten Monat zerrissen wir sie. Wir konnten es nicht mehr ertragen. Die Wut war zu gross geworden.

Nach einem Jahr entliess man uns aus den Glaskästen. Wir reisten weit fort, jeder an einen anderen Ort. Wir bereiteten uns auf ein weiteres entbehrungsreiches Jahr vor, und jeder von uns musste an einen anderen Ort gehen, damit wir anschliessend, nach unserer Rückkehr, die Berichte von unseren Abenteuern austauschen könnten. Auf diese Weise entschädigten wir uns für die Entbehrung, die nur jemand kennt, der einmal in einem Glaskasten ge-

wohnt hat.
Als wir uns von dem Freund verabschiedeten, der das Glück hatte, als erster abreisen zu dürfen, sagte dieser, zum Abschied mit dem Mantel winkend: „Ich werde mir eine Brust suchen, an der ich einen vollen Monat schlafen kann. Ich bin völlig fertig."
Wir sahen uns an, als habe er ausgesprochen, was uns allen durch den Kopf ging. Als wir am Abend heimkamen, es regnete Staub und Frust, war in unser aller Kopf ein einziger Traum: Eine Frau! Dieses unbekannte Wesen. Damals kam sie uns vor wie ein Schatten in der Wüstenhitze. In jener Nacht schliefen wir nicht. Während wir schweissnass im Bett auf dem Dach lagen, sprachen wir immer wieder über eine einzige Hoffnung. Bald werden wir bei ihr sein. Wir werden uns in ihre Arme werfen! Ihre Augen – zwei nie versiegende Brunnen. Ihre Lippen – zwei Kirschen in der Hand eines sonnenverbrannten Beduinen. Ihre Brüste – zwei Kissen voll weicher Träume.
„Said ... hast du schon geschlafen?"
„Überhaupt nicht. Sie liegt ja neben mir. Wie könnte ich da schlafen? Und du, hast du etwa schon geschlafen."
„Nein, sie ist ja noch immer neben mir. Da wäre ich ja blöd, wenn ich schlafen würde und sie allein liesse. Was wirst du tun, wenn du zu ihr kommst?"
„Ich werde meinen Koffer vor ihrer Haustür abstellen. Dann werde ich klingeln ..."
„Kennst du irgendeine persönlich?"

„Nein, keine einzige ... aber ich werde sie kennenlernen. Und du?"
„Ich?"
„Als kleiner Junge bin ich manchmal schon zwei Stunden vor Beginn der Vorstellung ins Kino gegangen und habe geglaubt, der Kinobesitzer habe die Uhr zurückgestellt, um den Beginn der Filmvorführung hinauszuzögern. Ich habe ihn gehasst und auf ihn geschimpft. Und weisst du was? Auch jetzt bilde ich mir ein, jemand schiebe absichtlich den Morgen hinaus."
Der Morgen! Weiss Gott, wie lang dieser Tag auf sich warten liess. Doch schliesslich kam er ..., und wir reisten ab. Wir packten unsere Koffer und bestiegen das Flugzeug, das mit uns abhob. Als wir über den Glaskästen kreisten, bemächtigte sich unser aller das Gefühl, unsere Jugend zu vergeuden, nicht wirklich zu leben. Keiner von uns konnte länger hinunterschauen. Ein Schwindelgefühl hatte uns erfasst.
Wir spürten es: Etwas zerriss in unserer Brust, je tiefer das Flugzeug dröhnend in die hohen Augustwolken eintauchte, und das liess eine seltsame Ruhe aufkommen ... Irgendwann einmal war ich schwimmen gegangen, und meine Beine hatten sich in feinen grünen Pflanzen verfangen. Als ich mich nach oben kämpfte, glitten diese ekligen Pflanzen an meinen Beinen entlang; dann rissen sie. Auch damals spürte ich diese Ruhe. Majestätisch donnerte das Flugzeug weiter. Die feinen

Pflanzen zerrissen, die uns während einer langen, abscheulichen Zeit gehindert hatten, nach oben zu gelangen.

Dann kamen wir zurück ...
Wir kamen zurück in die Glaskästen, noch bevor wir uns dort wieder einzufinden hatten ...
Als ich zurückkam, haderte ich mit mir: Wie konnte ich nur vorzeitig in die Glaskästen zurückkehren? Warum nutzte ich nicht alle diese Tage, von denen wir nächtelang geträumt, die wir uns nächtelang ausgemalt hatten. Was würden meine Freunde sagen, wenn ich ihnen erzählte, ich sei zurückgekommen, noch bevor ich meinen ganzen Urlaub am Busen des Lebens ausgekostet hatte — dort, wo Luft und Sonne die Menschen nicht quälen?
„Ich werde ihnen einfach nicht erzählen, dass ich frühzeitig zurückgekommen bin."
Doch als ich in unseren Glaskasten kam, war mein Freund schon da. Zwei Wochen früher als ich sei er zurückgekommen, erzählte er mir.
Ich stellte meinen Koffer auf die Erde und lehnte mich gegen die Tür, verschränkte die Arme auf der Brust und schaute ihn lange an. Da sass er, als habe er sich noch nie vom Bettrand erhoben, und starrte auf den Boden. Schweiss rann über seine Schläfen und tropfte ihm aufs Hemd.
Ich trat zwei Schritte vor. Es war, als sei die Welt einen Monat stillgestanden. Die Kalenderblätter an der Wand, unter dem Nacktfoto, hingen lose: 8.

August. Das war der Tag unserer Abreise aus den Glaskästen; es war, als sei er noch nicht vergangen, als seien wir niemals abgereist. Ich drehte mich auf dem Absatz um, und im selben Augenblick stellten wir beide die gleiche Frage:
„Also gut ... aber warum? Warum?"

Der Bursche im Hotel war mager und hatte vorstehende Backenknochen, spitzen Felsen gleich.
„Was?" rief er, aufs äusserste erstaunt. „Da wohnst du nun schon eine Woche hier und weisst noch nicht, was 'das Viertel' ist?"
Er stellte das Glas Wasser auf den Holztisch und starrte mich wie ein fremdes Wesen an. Dann wischte er sich die Hände an seiner verschmutzten weissen Jacke ab und trat zwei Schritte näher.
„Und was ist es?" fragte ich gleichgültig und spielte dabei mit der Zeitschrift, die ich in der Hand hielt.
Der Junge trat noch einen Schritt näher.
„Da wohnst du nun schon eine Woche hier ... und weisst noch immer nicht, was es ist?"
Ich blickte auf, sah ihn an. Er gehörte zu den Leuten, die, auch wenn sie ausgeredet haben, den Mund offenlassen und so den Eindruck erwecken, sie seien noch nicht fertig und wollten gerade weiterreden. Ich bemerkte, wie seine kleinen tiefliegenden Augen plötzlich leuchteten. Es war, als sei ihm ein Gedanke gekommen. Er trat noch einen Schritt näher zu mir heran:
„Warum gehst du nicht hin? Ja, warum eigentlich

nicht?"
„Ich soll dorthin gehen?"
„Ja."
Er nickte eifrig mit dem Kopf, als könnte er nicht mehr aufhören. Ich warf die Zeitschrift hin und sagte:
„Man sagt, es sei dreckig dort."
„Dreckig? Dreckig? Mein Gott! Was kümmert dich das? Du gehst einfach dich umschauen, einfach dich umschauen. Schliesslich besteht das halbe Leben darin, sich Leute anzuschauen; und die andere Hälfte darin, sich anschauen zu lassen. Das hat mir einmal ein Mann gesagt, der seit seiner Geburt auf einem Fahrrad durch die Welt fährt."
Tatsächlich brauchte ich gar nicht die Ermutigung dieses vorlauten Burschen, um dorthin zu gehen. Kaum war ich aus dem Haus, wandte ich mich in Richtung „Viertel". Allein wie ich war, durchschritt ich die feuchten Gassen, entlang an grünen abbröckelnden Wänden und niedrigen Holzfenstern. Meine Schritte hallten mir im Ohr, wie eines andern Schritte hinter mir. Am Ende der Gasse öffnete sich vor meinen Augen ein weiter Platz, auf dessen einer Seite ein hölzernes Tor stand. Entschlossen ging ich darauf zu. Niemand kannte mich in diesem Viertel. Kaum hatte ich das Tor durchschritten, fand ich mich in einem wilden Stimmengewirr wieder, einem sintflutartigen Gewoge von Männern und Frauen.
Das ist Fausts Welt! dachte ich und versuchte so,

mich an etwas Beständigem, Teurem festzuhalten. Alles erschien mir so schrecklich billig; ich fürchtete, darin unterzugehen. Ja wirklich, Fausts Welt! Teufel und Zauberer aus allen Ecken und Enden der Welt kamen hierher, um sich zu treffen. Und ich stand mitten im Getümmel. Dirnen mit teuflisch geschminkten Gesichtern, entblösst bis auf ein Minimum — sie erschienen aus einer anderen Welt: hässlich, aufgedunsen, verdreckt, Flüche und Obszönitäten verbreitend, standen sie in den Türen und forderten die Vorübergehenden auf einzutreten. Dabei entblössten sie ihre bläulichen Beine und hielten ihre Brüste hervor, schlaff von all den Männerhänden.

Andere standen auf der Strasse herum, schimpften auf Gott und die Polizei und hängten sich an die Vorübergehenden, um irgendeines Betrunkenen habhaft zu werden, der sich ohne Mühe in ihre Schweinekoben schleppen liess. Die Zuhälter waren in finsteren Ecken postiert. Sie lauerten auf eine der ständig auftretenden Streitereien, auf irgendeinen Mann, der spendabel war und dem sie zu Diensten sein könnten, oder auf irgendeinen anderen, der knausrig war und den sie verprügeln müssten. Hinter Fenstern sassen fette Frauen, die auf den Tod warteten oder auf das Krankenhaus. Sie sprachen immer darüber, wie es einmal war. Hochmütig erbettelten sie dabei einen Kupplerlohn, um nicht verhungern zu müssen.

Wie einer, der die ihm vertraute Umgebung verlas-

sen hat, so bewegte ich mich in jener Welt. Gleich zu Beginn stellte sich mir eine braungebrannte Beduinenfrau mit einem Goldzahn und einer hässlichen Tätowierung im Gesicht in den Weg. Sie hielt mich an. Dann legte sie sich die Hand auf die Brust: „Ich bin nicht wie die anderen", sagte sie.
Als ich weiterzugehen versuchte, stiess sie mich, und ich fiel einer fetten Frau in die Arme, die mich ins Ohr biss, während die Beduinenfrau sich gegen eine Wand lehnte und in ordinäres und lautes Gelächter ausbrach. Es kostete mich einige Mühe freizukommen und weiterzugehen.
Wie ich sie traf? Ich erinnere mich nicht mehr. Sogar ihren Namen, den sie mich unzählige Male hören liess, habe ich vergessen. Was soll das alles auch? Plötzlich sah ich sie – als wäre sie vom Himmel gefallen oder als hätte die Erde sie ausgespuckt. Ihr Gesicht war hässlich und aufgeschwemmt. Sie wollte mich nicht vorbeilassen, streckte mir ihre geöffnete Hand entgegen und neigte den Kopf. Sie bettelte. Als ich an ihr vorbeizukommen versuchte, bewegte sie sich langsam und stellte sich mir in den Weg. Es war eine finstere Gasse. Sie streckte mir ihre Hand noch fordernder entgegen.
„Warum arbeitest du nicht wie die anderen?" fragte ich sie. Es kam mir vor, als sei ich nicht imstande, sie von der Stelle zu bewegen und an ihr vorbeizugehen. Ihre Hand an meiner Gurgel stand sie da.
„Arbeiten? Wie denn?"
Die Hand fiel schlaff herab. Sie senkte den Kopf.

Dann zeigte sie auf ihren Leib — sie war schwanger.
Irgendwie, ich weiss nicht wie, bewegte sich meine Zunge; ich hatte sie nicht mehr unter Kontrolle. Als wäre es ein anderer, hörte ich mich fragen:
„Wie ist es passiert?"
„Es ist passiert! Eben passiert! Ich weiss nicht. Jetzt ist es, glaube ich, sechs Monate."
„Und wer ist der Vater?"
Ohne die Füsse zu bewegen, wandte sie sich nach rechts und nach links und zeigte mit dem Arm in alle Richtungen, auf das wilde Getümmel von Hunderten hungriger Männer, die betriebsam und geil herumlärmten. Durch das Stimmengewirr hindurch vernahm ich ihre müde, mutlose Antwort:
„Der Vater? Sie alle da ..."
Ohne Zweifel, sie lachte ... Plötzlich drang mir Schweissgeruch in die Nase. Ich weiss nicht, war es dieser penetrante, eklige Schweissgeruch, der mich schwindelig werden liess, oder waren es dieses Getümmel und dieser Lärm um mich herum. Jedenfalls hielt sie ihre ausgestreckte Hand noch immer an meine Gurgel. Ich begann zu faseln.
„Du arbeitest also nicht, zur Zeit?"
„Arbeiten?"
Sie lachte nochmals. Dann schüttelte sie mich mit ihren dünnen Händen an der Schulter:
„Man bumst nicht gern zwei auf einmal."
Plötzlich riss sie den Kopf hoch und blickte mir tief in die Augen. Irgendein Teufel liess sie denken, ich

glaubte ihr nicht:
„Du glaubst mir nicht! Ach, ihr Männer, ihr glaubt einem doch nie. Du denkst, ich hätte ein Kissen hineingesteckt. Du wirst mir schon noch glauben ... Da!"
Sie bückte sich und hob ihr langes Kleid hoch. Der dicke Bauch einer Schwangeren wurde sichtbar. Das Kleid war bis an den Brustansatz hochgezogen. Die Frau atmete schwer, als könnte sie jeden Augenblick in Tränen ausbrechen:
„Glaubst du's nun? Ihr glaubt einem doch nie. Was siehst du? Ein Kissen?"
Eine Anzahl Betrunkener hatte sich um uns geschart. Sie betrachteten das Spektakel und lachten durcheinander. Ein Mann mit einem kleinen Bart lehnte sich gegen meine Schulter und legte sein Kinn auf meinen Arm:
„Du wirst sieben Junge werfen", kreischte er, „... wie eine Katze."
Alle brachen in schallendes Gelächter aus, was weitere Männer anlockte. Die Frau drehte sich um sich selbst, wobei sie ihr Kleid hob, so hoch sie nur konnte, und mit glasigen Augen in die Runde blickte.
„Dein Bauch würde als Kuppel aufs Parlament passen."
„Ich wette, in dem Bauch ist schon die nächste Hure drin."
Alle schrien immer mehr durcheinander. Vergeblich versuchte ich fortzugehen; ich war nicht im-

stande, mich zu bewegen. Hin und wieder vernahm ich noch, durch das wilde obszöne Gelächter hindurch, ihre schwache Stimme:
„Ihr glaubt einem doch nie ... Ihr denkt, ich hätte ein Kissen drin."
Langsam zog ich mich zurück, drängte mich an ekelhaft riechenden schweissnassen Schultern vorbei. Wie Tiere in einer Suhle rochen die Herumstehenden. Als ich mich fast freigekämpft hatte, hörte ich von der gegenüberliegenden Seite einen Mann rufen:
„Okay, wir haben jetzt deinen Bauch gesehen ... Jetzt zeig uns deine Titten."
Ich begann zu laufen; meine Hand in der Tasche hielt krampfhaft ein Bündel Geldscheine fest. Ich weiss nicht, wie ich an das Holztor kam. Das Wahnsinnsgetöse folgte mir wie ein Strom, der alle Dämme niederreisst — und ich fürchtete, er werde mich verschlingen.
Tja, lieber Freund! Da sprichst du nun von einem Glaskasten? Was weisst du denn schon von den Glaskästen?

Als allererstes nach der Landung des Flugzeugs ging ich dorthin, wo wir Körper, Liebe und Befriedigung zu finden erträumt hatten. Der Ort glich einem Stück Hölle, losgelöst und auf die Erde emporgestiegen.
Als ich durch jene dunklen Gassen schritt, spürte ich mein Herz heftig schlagen, ja, es war, als dröh-

ne mir sein Schlag im Ohr.
Die Männer hatten sich mit ihren Keffijahs das Gesicht verhüllt, aus Furcht, sie möchten einander erkennen. Sie drückten sich an den Hauswänden entlang und flüsterten miteinander; man hatte den Eindruck, sie könnten überhaupt nicht laut reden. Wenn ein Auto vorbeikam, wandten sie das Gesicht zur Seite, um nicht im Lichtkegel blossgestellt zu werden; und bei diesen Autos, so konnte ich bemerken, waren die Nummernschilder mit Tuchfetzen zugebunden, damit die Fahrer unerkannt blieben.
Es bedurfte keiner aussergewöhnlichen Beobachtungsgabe festzustellen, dass alle von einem Gefühl der Scham beherrscht waren. Ich selbst dagegen kümmerte mich um nichts. Ich schämte mich überhaupt nicht. Warum hätte ich mich auch schämen sollen? Ich, der ich während langer Monate quälende Entbehrung erduldet hatte? Ich hatte gelernt, wie wichtig es ist, sich nicht zu schämen und bei einer Entscheidung nicht zu zaudern. Als einziges störte mich in jenem Augenblick, dass mein Geld nicht ausreichte, mir den Besuch eines besseren oder entfernteren Ortes zu erlauben. Also ging ich nicht weit weg, sondern zu einem in der Nähe gelegenen Ort – und dieser war nun wirklich widerwärtig!
Einmal erzählte man mir, die dortigen Prostituierten seien in Wirklichkeit nichts anderes als artige

Ehefrauen, die das Mitleid mit den Scharen Ausgehungerter dazu getrieben habe, diesen einen Teil der Nacht zur Verfügung zu stellen. Und selbst wenn das übertrieben war, machte es doch klar, dass die Frauen dort keine „Gewerbsmässigen", in des Wortes schmutziger Bedeutung, waren.
Doch ich muss zugeben, dass mein Elan nach einer Stunde des Umherschlenderns an jenem Ort eine gewisse Dämpfung erfahren hatte. Vielleicht wegen all dem, was ich sah, vielleicht auch aus Furcht. Ich weiss es nicht mehr. Während ich in jenem Stadtteil umherschlenderte, habe ich keine einzige Frau gesehen. Sie sassen alle in ihren Häusern. Die Männer stellten sich in Reihen vor den niedrigen Holztüren auf, und jeder wartete, bis er dran war, wobei jeweils derjenige, der das Glück hatte, der vorderste zu sein, durch das Schlüsselloch die Vorgänge im Haus beobachtete.
Wie dieses innen aussah? Ein Freund erzählte mir einmal, er sei in einem gewesen: ein Raum, die Decke aus Holz und Stroh, auf dem Lehmboden kleine Wasserlachen. In einer Ecke lag auf der blanken Erde eine billige Matratze, aus deren Löchern, die zweifellos das Werk von Ratten waren, lange Wollfetzen heraushingen. Neben der Matratze standen ein Krug mit Wasser und ein kleiner Stuhl.
Ich schlenderte lange umher. Ich hatte einen nicht unvernünftigen Entschluss gefasst: Sollte ich zufällig auf eine dieser niedrigen Holztüren stossen mit

niemandem davor, so würde ich hineingehen, wenn nicht, so könnte ich auf all das auch verzichten.
Es gab durchaus nichts, was Widerwillen in mir hätte wachrufen können. Das Viertel war ruhig. Die Autos mit den zugebundenen Nummernschildern fuhren nur selten vorbei ... Wie dem auch sei, ich ging immer weiter, allein – und das war besser, als in Begleitung irgendeines unablässig redenden Freundes.
Alles spielte sich dann sehr ruhig ab. Ich sah eine kleine Holztür, durch deren Spalten Licht drang. Weit und breit konnte ich keinen einzigen Menschen entdecken ... Ich trat näher und vernahm Geflüster, von drinnen, wie es schien. Ich streckte meine Hand aus – ich erinnere mich genau an alle Einzelheiten – und wollte gerade an die Tür klopfen, als ich darauf drei mit weisser Kreide geschriebene Worte las, in klobiger unbeholfener Schrift. Meine Hand hielt inne. Zweimal, dreimal, zehnmal las ich die drei Worte: „Hier wohnen Arbeiter."
Im ersten Augenblick glaubte ich, es sei ein Irrtum. Aber es war eindeutig, und die Worte haben sich mir tief eingeprägt.
Während ich so dastand, die Hand immer noch zum Anklopfen erhoben, stellte ich mir vor, wie sehr sich jene einfachen Arbeiter gequält haben mochten auf der Suche nach einer billigen Wohnung in dieser herzlosen Stadt ... Lange dürften sie gesucht haben. Dann zogen sie hier ein. Ein drecki-

ges kleines Haus ... mitten in einem Prostituiertenviertel, das war alles, was sie finden konnten ... Sie nahmen es ... Doch tausendmal jede Nacht klopften Männer, verklemmt und geil, auf der Suche nach einer Frau an der Tür. Und die Arbeiter hatten nie Ruhe.
Schlaff fiel mein Arm herab. Langsam ging ich die düstere Gasse entlang, die zur Stadt führte ... Wie jene Männer wohl darauf gekommen waren, einfach diese Worte hinzuschreiben? Wer von ihnen sie wohl geschrieben hat? Und wie? Ob sie sich wohl viele Gedanken darüber gemacht haben? Ob sie wohl Hemmungen hatten? Wie sie wohl auf diesen einfachen Satz gekommen sind?
Zerschlagen schleppte ich mich in die Stadt zurück. Zutiefst beschämt. Das ganze Leben schien mir verächtlich und zu eng für den Menschen mit seinem Hunger.
Tja, lieber Freund! Da sprichst du nun von Glaskästen? Es ist ein einziger grosser Glaskasten. Wir bewegen uns darin; aber wir gehen nicht hinaus. Wir begeben uns von einem Stockwerk zum anderen, aber wir verlassen ihn nicht.

Kuwait 1959

Seine Arme, seine Hände, seine Finger

Der alte Mann öffnete die Haustür. Sie quietschte erbärmlich. Das hinausfallende Licht warf den kurzen Schatten des Mannes auf den steinernen Weg. Die Nacht war mondklar; nichts war zu hören. Er hielt kurz inne, um mit seinem kräftigen Stock die Schwelle zu ertasten. Dann schlurfte er mit kurzen Schritten schweratmend auf den Garten seines Nachbarn zu.
Es war das erste Mal seit mindestens vier Jahren, dass er sein kahles Zimmer verliess. Ja, fast hatte er vergessen, wie es ist zu gehen und nicht zu liegen. Doch jetzt erlaubte die Angelegenheit keinen weiteren Aufschub. Vielleicht hatte er ja sein Leben unwissend und elend zugebracht. Aber schliesslich und endlich hatte er eine einzige, kleine Lektion gelernt, eine sehr einfache und doch grundlegende: Wenn du etwas haben willst, dann nimm es dir – mit deinen Armen, deinen Händen, deinen Fingern!
Nein, er wollte jetzt nichts Grosses mehr. Sein Leben war gelebt, sein Herz war schwach, es würde nicht mehr lange schlagen. Er wollte lediglich etwas Kleines haben, etwas, das ihm schon vier Wochen lang durch den Sinn ging. Und wenn er darauf

zählte, irgend jemand könnte ihm seine Hilfe anbieten, so würde er, was er wollte, niemals bekommen. Wenn er es wollte, musste er es sich selbst nehmen – mit seinen Armen, seinen Händen, seinen Fingern.
Nichts war zu hören. Seine Knie zitterten wie ein geknickter Zweig. Er ging den dunklen Weg entlang. Als er einen Augenblick innehielt, um Atem zu schöpfen, entschlüpfte seinen Lippen ein zorniger Ausruf:
„Du alter Schlappschwanz!"
Im selben Augenblick wurde ihm bewusst, dass ihm diese drei Worte während der vergangenen vier Jahre immer wieder auf der Zunge gelegen hatten. Und trotz dieser langen Zeit hatten sie nichts an Bedeutung und auch nichts an Gemeinheit eingebüsst. Noch immer sandten sie durch seine schwachen Knochen einen stechenden Zorn, so als vernehme er sie zum erstenmal – wie damals, als er sie von seinem Sohn Chairi hörte, der mitten im Zimmer stand, die Hände in der Tasche, seinen kalten Blick auf den Vater gerichtet.
Zornig schwenkte er seinen Stock. Er zog die Brauen zusammen, um besser sehen zu können. Doch er kam keinen einzigen Schritt weiter. Der Zorn wuchs in seiner Brust, sass ihm in der Kehle:
„Du alter Schlappschwanz!"
Ihm schwindelte ein wenig, und er lehnte sich gegen einen Baum ... Ein alter Schlappschwanz. Nein, jetzt nicht. Er hatte schliesslich und endlich

diese nützliche kleine Lektion gelernt: Wenn du etwas haben willst, dann nimm es dir – mit deinen Armen, deinen Händen, deinen Fingern ... Nein, ich werde nicht nochmals unterwürfig vor dir stehen, Chairi.

Noch einmal vergegenwärtigte er sich den ganzen Vorfall: Vier Jahre war es her, dass Chairi ihm sagte, er könne nicht mehr mit ihm zusammenleben. Er werde ihm aber irgendwo ein Zimmer besorgen und eine Zugehfrau, die alle zwei Tage eine Stunde lang für seine Kleider und sein Essen sorgen sollte. In jenem Augenblick wurde ihm bewusst, dass er alles in der Welt verloren hatte. Zorn und Trauer überkamen ihn, lähmten ihn. Er blickte sich um und wusste nicht, warum er nichts sagte, warum er nur zu Chairi trat, der mitten im Zimmer stand, die Hände in der Tasche, vor ihm auf die Knie sank und ihm die Hände zu küssen versuchte. Doch Chairi hielt die Hände fest in der Tasche, trat einen Schritt zurück und schrie ihn an:

„Du? Du alter Schlappschwanz."

Ja, ich bin ein alter Schlappschwanz! Ein alter Schlappschwanz, weil ich dir sagen wollte, dass das Leben nicht nur aus einem Zimmer, einer Zugehfrau, Kleidern und Essen besteht! Ein alter Schlappschwanz, weil ich dich geliebt habe, weil ich unterwürfig zu deinen Füssen lag, weil ich verlangt, weil ich gebeten, weil ich gefleht habe, du möchtest mir geben, was ich will, weil ich mir nicht selbst genommen habe, was ich wollte – mit mei-

nen Armen, meinen Händen, meinen Fingern.
„Du alter Schlappschwanz!"
Er sagte die drei Worte nochmals, während er seine Füsse über den sandigen Gartenboden zog. Und nochmals sandten sie einen tödlich stechenden Zorn durch sein Inneres. Doch er fand Trost in dem Gedanken, dass er das, was er wollte, diesmal bekommen würde, ohne jemanden darum bitten zu müssen. Er hätte die Zugehfrau bitten können, oder seinen Nachbarn, oder einen von den Jungen, die am Morgen auf der Strasse vorbeigingen. Er hätte ihn bitten können, ihm aus der Gartenecke die kleine Katze zu holen. Doch er tat es lieber selbst: hatte er sich doch gelobt, nie mehr jemanden um etwas zu bitten. Er konnte nicht nochmals eine Enttäuschung ertragen, auch keine noch so geringfügige.
In der Gartenecke neben der Mauer sah er die schwarze Katze liegen. Sie hatte den Kopf gehoben und starrte ihn mit funkelnden Augen an. Er hängte den Stock an den Arm und holte einen kleinen Beutel aus der Tasche. Dann beugte er sich, nach ihren Jungen suchend, nieder. Zwei lagen mit geschlossenen Augen neben ihr; sie hatten kurze Schwänzchen. Unweit entfernt davon lag, die Augen weit geöffnet, das dritte Kätzchen; sein Schwänzchen schlug von Zeit zu Zeit auf die Erde.
„Das da nehme ich", sagte der alte Mann zu sich. Er trat näher und hob das Kätzchen auf — es hatte in seiner Hand Platz. Sein Fell war schwarz wie die

Nacht, seine Augen grün wie der Frühling. Er liess es vorsichtig in den Beutel gleiten. Die alte Katze miaute kummervoll und erhob sich. Doch er schenkte ihr keine Beachtung. Er wickelte den oberen Teil des Beutels um seine Hand und ging langsam zurück. Die Katzenmutter folgte ihm einige Schritte, dann blieb sie stehen und begann, abgehackt zu miauen. Er warf ihr einen flüchtigen Blick zu.

„Wenn du etwas haben willst, dann nimm es dir – mit deinen Armen, deinen Händen, deinen Fingern", sagte er sich nochmals.

Als er die Tür seines kahlen Zimmers öffnete, die wieder erbärmlich quietschte, zitterte er vor Aufregung. Suchend blickte er sich nach seiner grossen weissen Katze um; sie lag unter dem Tisch.

Mal sehen, was geschieht, dachte er, und der Gedanke bereitete ihm Vergnügen.

Er legte den Beutel auf die Erde. Das kleine schwarze Kätzchen kam vorsichtig heraus, blieb stehen und schaute sich um; es zitterte. Die grosse weisse Katze hob den Kopf und blickte einen Augenblick auf. Dann schritt sie langsam und gemächlich zu dem kleinen Kätzchen und umkreiste es zweimal. Sie beschnupperte es aus der Nähe und berührte es mit der Pfote am Kopf. Danach ging sie zurück unter den Tisch.

Der alte Mann war etwas enttäuscht, gab sich aber gleichgültig und legte sich zurück ins Bett – jedoch ohne die beiden Katzen aus den Augen zu lassen.

Aber eine volle Stunde geschah nichts. Erst als der alte Mann schon fast eingedöst war, vernahm er einen seltsamen Laut im Zimmer und öffnete nachdenklich die Augen. Er blickte auf den Beutel, sah aber das kleine schwarze Kätzchen nicht. Schwerfällig erhob er sich vom Bett und schaute unter den Tisch ... Dort lag die grosse weisse Katze auf der Seite, während das schwarze Kätzchen auf der Suche nach einer Zitze den Kopf gierig in ihr Fell grub.

„Es ist hungrig", murmelte der alte Mann. Doch als er aufstand, um nach etwas Essbarem für das Kätzchen zu suchen, kam ihm plötzlich ein Gedanke, der ihn mit wahrer Freude erfüllte.

„Nein, ich werde es nicht füttern. Mal sehen, was geschieht."

Der alte Mann ging zurück zu seinem Bett, setzte sich auf die Kante und rieb sich die Hände. Das kleine schwarze Kätzchen versuchte noch immer angestrengt, am Bauch der weissen Katze eine Zitze zu finden, um daran zu saugen. Wenig später sprang aber die weisse Katze auf den Tisch und legte sich darauf, während das Kätzchen hinaufschaute und, unfähig zu folgen, unglücklich miaute.

„Armes kleines Kätzchen", murmelte der alte Mann. „Du weisst nicht, dass es nicht deine Mutter ist; ja, dass es sogar ein Kater ist, von dem du überhaupt nichts erwarten kannst."

Er nickte mit dem Kopf, während er fortfuhr, zu dem kleinen schwarzen Kätzchen zu sprechen:

„Ich weiss, dass du hungrig bist und dass du nur essen kannst, was du bei deiner Mutter findest ... Aber so ist das Leben, du armes Kleines ... Die Menschen verlieren ihre Mütter und ihre Väter; die Mütter und Väter verlieren ihre Kinder, und jedes Geschöpf muss für sich selbst sorgen."
Doch das kleine Kätzchen setzte sein durchdringendes klägliches Miauen fort. Da trat die andere Katze an den Tischrand und schaute mit weit geöffneten Augen von oben auf die schwarze Kreatur herab, die, winzig wie sie war, seltsam fordernd schrie.
Trotz des kräftigen Geschreis, das das kleine Kätzchen erzeugte, legte sich der alte Mann ins Bett, glücklich darüber, dass sein kahles Zimmer plötzlich mit Leben erfüllt war. Ja, das unaufhörliche schrille Miauen hinderte den alten Mann nicht, sich dem Schlaf hinzugeben.
Als er früh am nächsten Morgen erwachte, richtete er sich im Bett auf und suchte die beiden Katzen überall im Zimmer. Schliesslich sah er sie neben der Türschwelle: Die grosse weisse Katze lag auf der Seite und liess das kleine schwarze Geschöpf heisshungrig an ihrem Bauch saugen; es schmatzte wie ein Säugling.
Er erhob sich von seinem Bett und beugte sich zu den beiden Katzen und sagte mit heiserer Stimme: „Trotz allem, du armes Kleines, so wirst du nicht satt werden."
Da hob die weisse Katze den Kopf und schaute den

alten Mann flehentlich an. Gleich darauf schloss sie, schicksalsergeben, wieder die Augen. Und als ob er die Gedanken der Katze lesen könnte, beugte sich der alte Mann nochmals über sie und sagte ihr mit heiserer Stimme:
„Ich weiss, dass du nicht zufrieden bist mit mir ... Auch ich bin mit nichts zufrieden. Es stimmt, ich habe sie ihrer Mutter entrissen. Aber auch ich wurde aus den Armen meines Kindes geworfen – Chairi, für den ich meine Augäpfel gab. Du musst das verstehen, du grosse weisse Katze! Du hast vier Jahre lang mit mir in diesem verrückten Zimmer gelebt."
Doch die Katze tat ihre Augen nicht mehr auf. Und der alte Mann begnügte sich damit, nachdrücklich den Kopf zu schütteln und zu seinem Bett zurückzugehen. Bevor er sich aber hinlegte, stellte er sich die Frage:
„Wie lange soll das noch weitergehen? Irgendwann wird der Augenblick ganz sicher kommen."
Nichts hinderte ihn, sich erneut dem Schlaf hinzugeben.
Erst als die Tür aufging, erinnerte er sich, dass er an diesem Tag die Zugehfrau erwartete. Wie gewöhnlich vergrub er den Kopf unter der Decke. Er hasste diese Zugehfrau und weigerte sich, mit ihr zu reden. Also hörte er sich schweigend und ungeduldig ihr nicht endenwollendes Geschwätz an. Doch diesmal trat sie unangenehm dicht an sein Bett. Er hörte sie näherkommen und stehenbleiben. Dann

vernahm er ihre quäkende Stimme, und im selben Augenblick riss sie ihm die Decke vom Kopf. Er blickte sie an. Sie wies in Richtung Türschwelle, starrte ihn mit entsetzten Augen an und schrie: „Schau dir das an!"
Langsam setzte sich der alte Mann im Bett auf. Er richtete seinen Blick auf die Türschwelle. Anfangs traute er seinen Augen nicht, doch was er sah, war klar und wirklich: Die kleine schwarze Katze lag noch immer dort, die dünnen Zähnchen ins Fell der weissen Katze vergraben, die ruhig und zufrieden ausgestreckt dalag: Aus ihren Augen drang ein Blick voller Zufriedenheit. Tiefrot schimmerndes Blut floss aus dem schneeweissen Fell, während das kleine Kätzchen heisshungrig schmatzend weiter saugte.

Beirut 1962

Acht Minuten

Müde verliess Herr Ali seinen Arbeitsplatz, und obwohl er gewöhnlich den Weg von seinem Büro nach Hause zu Fuss zurücklegte, zog er es vor, ein Taxi zu nehmen.
Unterwegs dachte er noch immer über die Frage nach, die ihn schon den ganzen Tag beschäftigt hatte: Wann sollte er Urlaub nehmen? Wie und wo sollte er ihn verbringen? Jedes Jahr nahm diese Überlegung zwangsläufig viel Zeit in Anspruch ...
Als das Taxi vor dem Wohnblock hielt, zahlte er, nickte etwas von oben herab dem Portier zu und begab sich zum Aufzug.
Plötzlich, wie er so dastand und auf den „Sarg" – so nannte er den Aufzug immer – wartete, bemerkte er, dass er die Hausschlüssel vergessen hatte. Dann erinnerte er sich, dass er sie auf seinem Schreibtisch hatte liegen lassen ... Was war zu tun? fragte er sich und machte auf dem Absatz kehrt.
„Was ist passiert, Herr Ali?"
„Nichts, nichts, Taisir. Ich habe nur meine Schlüssel vergessen."
„Ich könnte die Tür von innen aufmachen, Herr Ali. Wissen Sie noch, ob Sie die Balkontür offengelassen haben?"

„Die Balkontür? Willst du etwa vom Nachbarbalkon auf meinen Balkon hinüberklettern?"
„Ja", antwortete der Portier ruhig, und die Furcht vor dem waghalsigen Vorschlag wich von Herrn Alis Gesicht ... Von einem Balkon auf den anderen zu klettern, und das im neunten Stock, war kein Kinderspiel. Die Trennwand zwischen den Balkonen stand über. Das machte das Vorbeikommen daran – in dieser gewaltigen Höhe – zu einem schwindelerregenden Unternehmen. Doch in Taisirs Stimme lag eine seltsame Ruhe, und so antwortete Herr Ali schnell:
„Ja, ich habe die Balkontür offengelassen. Ich bin sicher, ich habe sie offengelassen."

Der Aufzug kam. Taisir öffnete die Tür. Dann liess er sie hinter sich ins Schloss fallen. Die alte Uhr an seinem Arm zeigte sieben Minuten nach zwei. Der Sekundenzeiger drehte sich wie ein kleiner Teufel. Nachlässig liess er seine Hand wieder sinken. Dann betrachtete er sich im zerbrochenen Spiegel des Aufzugs. Er hatte einen Geschmack von Baumwollöl im Mund, und er spürte, dass er ein wenig schwer atmete ... Nein, ich habe keine Angst ... Er schüttelte den Kopf, sah sich im Spiegel und grinste so breit er konnte. Dann hielt er seine Arme hinter sich und stützte sich gegen die beiden Aufzugwände und schaute sich, leicht vornübergebeugt, die dunklen Ringe um seine Augen an.
Ein Gedanke lag in seinem Kopf, gehüllt in einen

veilchenblauen Seidenkokon, den genüsslich eine Wespe umkreiste. Doch der Gedanke war darin, und die Wespe war unfähig, ihrem Wunsch folgend in den Kokon einzudringen. In einigen Augenblicken würde er in der Wohnung sein – Wohnung Nr. 13; die Wohnung, die noch nie, auch nicht für einen halben Tag, vermietet war. Auf dem Weg zum Balkon würde er am Badezimmer vorbeigehen. Dort würde er sicher in irgendeiner Ecke eine Kakerlake sehen, die auf dem Rücken liegt und sich tot stellt. Dann würde er durchs Schlafzimmer kommen und dort kleine Flocken aus Staub und Haaren vorfinden ... Woher bloss die Haare in einem völlig unbewohnten Zimmer kamen? Dann würde er den gläsernen Knauf an der Balkontür drehen ... Nein, es war besser, nicht daran zu denken.
Du hast Angst, Taisir! Er verschränkte die Arme auf der Brust und dachte: Der Aufzug kriecht schrecklich langsam nach oben – wie eine schwanzlose Schlange. Irgendwann wird man ihn erneuern müssen. Es war ihm klar, dass all das nur seinem Wunsch entsprang, den veilchenblauen Kokon loszuwerden. Er hatte Angst, ihm noch näherzukommen, deshalb versuchte er, sich an einem anderen Gedanken festzuklammern. Es war ein alberner Gedanke: Was wäre, wenn der Aufzug nicht anhielte und immer weiter nach oben führe. Er käme zum Dach. Dann würde er noch weiter fahren und nie anhalten. Siehst du Taisir? Du hast

Angst! Wieder schaute er in den Spiegel, grinste breit und verspürte den heftigen Wunsch, die Zunge herauszustrecken. Doch der Aufzug hielt. Sein Herz schlug heftig. Das tut es nur, weil der Aufzug so plötzlich angehalten hat, sagte er sich. Das ist ja immer dasselbe. Ich werde zuerst meine Hand an die Trennwand zwischen den beiden Balkonen legen. Dann ein Bein hochnehmen und den Fuss auf das blaue Eisengeländer setzen. Dann werde ich eine Hand an die andere Seite der Trennwand legen. Darauf werde ich das andere Bein nachziehen und es unter das Geländer setzen müssen, um dann leicht das erste Bein auf das Nachbargeländer hinübersetzen zu können. Er nickte mit dem Kopf und stiess die Aufzugtür auf. Dann suchte er in seinen grossen Taschen nach dem Schlüssel zu Wohnung Nr. 13, der Wohnung, die noch nie, auch nicht für einen halben Tag, vermietet war. Er spürte eine gewisse Enttäuschung, als er auf Anhieb den richtigen Schlüssel aus der Tasche zog.

Während er zum Balkon ging, versuchte er, an nichts zu denken. Sein Kopf war voll von durchsichtigem, blauem Staub. Er summte vor sich hin. Dann schwieg er und presste entschlossen seine Lippen aufeinander. Als er seine Hand auf den Knauf der Balkontür legte, war die farbige Wespe schon gefährlich nahe an dem veilchenblauen Kokon und kreiste direkt über ihm. Du weisst ja wohl, warum niemand diese Wohnung mietet, auch nicht

für einen halben Tag? Weil sie eine Unglücksnummer trägt. Das ist der Grund. Es ist eine Unglückswohnung. Er verspürte den Wunsch, den Türknauf loszulassen und zurückzugehen. Doch all das war unsinnig. Bitter schüttelte er den Kopf, zog rasch am Türknauf und trat schnell an das blaue Geländer.
Jawohl, es war das neunte Stockwerk, dachte er, während er nach unten schaute. Doch es gab nichts Aussergewöhnliches.
Auf dem Gehsteig sah er Herrn Ali stehen, eine Hand in der Tasche, in der anderen eine Zeitung, mit der er sich ans Bein schlug. Ein kleines Auto sah aus wie ein zusammengequetschter Hund.
Jetzt gab es nur noch den veilchenblauen Kokon in Taisirs Kopf und die farbige Wespe, die summend darüber kreiste, ohne ihn jedoch zerreissen und so seinen Inhalt kennenlernen zu können. Er beugte sich über das Geländer und versuchte, zur anderen Wohnung hinüberzuschauen um festzustellen, ob die Tür tatsächlich offen sei, konnte aber nichts erkennen. Er trat zurück und zog erst seine Jacke, dann seine Schuhe aus. Nochmals blickte er auf die Strasse: Gut, Taisir. Du hast keine Angst, aber warum dann das alles? ... Herr Ali ist ein anständiger Mensch ... Ich kann ihm schon mal einen Dienst erweisen. Er faltete seine Jacke zusammen und legte sie, auf der anderen Seite des Balkons, neben seine Schuhe. Dann ging er zurück, rüttelte kräftig am Geländer und war beruhigt, dass es

nicht nachgab. Er schaute nach oben, doch da war nichts, woran er sich hätte festhalten können. Einmal habe ich ihm ein paar Sachen besorgt, Orangen und Bananen. Da hat er mir fünf Pfund geschenkt und freundlich gelächelt. Er hob seinen einen Fuss und setzte ihn auf das Geländer, legte eine Hand an die Wand. Das Auto unten sah noch immer aus wie ein totgefahrener Hund. Herr Ali schaute zu ihm hinauf. Also! So also ist es! Du tust das alles, um seine Tür aufzumachen, und er streckt seine Hand mit zehn Pfund hin, vielleicht auch nur mit fünf. Und das soll alles sein? Ein gehämmerter Kupferring kostet sechs Pfund. Du hast ihn ihr versprochen. Deine Schwester hat sich noch nie einen Ring ans Ohr gehängt. Wie oft hast du ihr zum Fest schon einen Ring versprochen? Doch wenn er dir bloss fünf Pfund gibt? Oder wenn er dir gar nichts gibt?

Er schob seine Hand auf die andere Seite der Wand, nahm all seinen Mut zusammen und zog seinen zweiten Fuss nach, der einen kurzen Augenblick in der Luft hing, während er seinen Körper langsam und starr streckte, wie ein Skorpion am Rand eines Abgrunds. Fest presste er seine Brust gegen die rauhe Wand. Dann tastete er, langsam, starr, vorsichtig, mit der anderen Hand auf der hinteren Seite der Wand entlang, die Finger leicht gekrümmt. Dabei dachte er: Noch einmal muss ich all meinen Mut zusammennehmen und einen Fuss hinübersetzen. Er fühlte sich starr wie

eine Spinne in Erwartung einer plötzlichen Kraft, die sie forttragen würde. Er riss seine Beine los ... zwei unbarmherzig lange Augenblicke. Verspürte den Wunsch hinunterzuschauen und drehte langsam den Kopf. Herr Ali war sehr klein. Und plötzlich hatte die farbige Wespe den Kokon erreicht, liess sich darauf nieder und zerriss ihn grob und wütend:
Und wenn du jetzt ausrutschen würdest?

Nachdem Taisir die Aufzugtür geschlossen hatte, drehte Herr Ali sich um und ging auf die Strasse hinaus. Taisir ist ein wackerer Bursche. Für ihn ist Arbeit etwas ganz Normales. Er schaute nach oben, doch er war sich nicht sicher; er war sehr müde. Also begann er, die Stockwerke zu zählen. Am neunten hielt er inne. Dort ist mein Balkon. Eigentlich hätte ich ihn an dem grünen Handtuch erkennen müssen, das an der Leine hängt. Taisir war noch nicht oben. Der Aufzug in diesem Haus, so fiel ihm ein, fährt ja auch beschämend langsam.
Dann malte er sich wieder einmal aus, wie alles immer anders kommt ... Einmal wartete er auf den Aufzug. Da spürte er, dass jemand hinter ihm stand, drehte sich um. Eine Mitbewohnerin wartete ebenfalls. Sie begegneten sich zum erstenmal. Der Aufzug kam. Er hielt ihr die Tür auf und betrat hinter ihr den Aufzug: Ich sollte irgendetwas sagen, irgendwie mit ihr ins Gespräch kommen ... Das Kontrollämpchen zeigte den dritten Stock an.

Er musste ein passendes Wort finden, durfte keine Zeit verlieren. Schliesslich fiel ihm etwas ein:
„Das ist der langsamste Aufzug, den ich meiner Lebtag gesehen habe!"
Sie schaute ihn an, ein feines Lächeln stand in ihrem Gesicht. Dann nickte sie:
„Tatsächlich!"
„Wissen Sie? Ich habe immer geglaubt, meine Schwerfälligkeit sei der Grund dafür, dass der Aufzug so langsam fährt ... Jetzt dagegen ..."
Er lächelte und zeigte auf sie. Auch sie lächelte. Ihre Züge entspannten sich. Dann schwieg sie. Der Aufzug hielt. Er öffnete die Tür und nickte zum Abschied kurz mit dem Kopf. Doch noch bevor er den Aufzug verlassen hatte, hörte er sie mit ruhiger Stimme sagen:
„Ich hoffe, sie vergessen das mit der Schwerfälligkeit."
Er drehte sich um und sah sie lächeln. Dann schloss sich die Tür, der Aufzug fuhr weiter. Was für eine grossartige Gelegenheit ... Eines Tages rief er sie unter dem Vorwand an, er sei auf der Suche nach einer anderen Wohnung. Im Gespräch kam man sich näher. Gegen Mittag bat er Taisir, ihm einige Bananen und Orangen zu besorgen. Dann schenkte er ihm fünf Pfund, um seiner sicher zu sein, sollte er bemerken, dass zwischen ihm und seiner Mitbewohnerin etwas war.
Er schaute hinauf und suchte für einen Augenblick das grüne Tuch. Taisir war noch nicht oben. Er

schaute noch weiter hinauf, zum zehnten Stock. Dort stand sie, ihr Kleid war weiss wie Milch. Sie hatte ihre Ellenbogen auf das blaue Eisengeländer gestützt und hielt den Kopf zwischen den Händen. Ganz sicher betrachtete sie ihn.
Er hob grüssend die Hand. Sie erwiderte den Gruss, richtete sich auf. Eine wundervolle Frau! Gleich beim ersten Treffen stellte sie alles klar; sie sagte: „Alles, was ich von dir will, ist das, was du von mir willst. Also, mach keine grosse Geschichte daraus."
Jetzt war Taisir oben und schaute über das blaue Geländer hinab. Dann entledigte er sich seiner Jakke und bückte sich, um seine Schuhe auszuziehen. Währenddessen erkundigte sie sich mit Zeichen, was los sei, und er strengte sich sehr an, seiner schönen Mitbewohnerin zu erklären, was Taisir treibe und warum er selbst hier unten stehe.
Und wenn nun Taisir abstürzt? Die Frage kam ihm plötzlich. Doch mit Nachdruck wies er sie schnell wieder von sich. Taisir war ein mutiger Bursche. Wer weiss, vielleicht war es ja nicht das erste Mal, dass er von einem Balkon zum anderen kletterte ...
Und wenn er herunterfiele, würde mich das einige Zeit meines Urlaubs kosten. Wiederum gefiel ihm der Gedanke nicht, und er sagte halblaut vor sich hin: „Wie schäbig von mir, meinen Urlaub mit dem Tod eines Menschen aufzurechnen." Dennoch fühlte er, dass er seinen Urlaub nicht drangeben wollte, der in einem unantastbaren veilchen-

blauen Kokon schlummerte, für ihn die Quelle eines betäubenden unbeschreiblichen Glücksgefühls. Taisir war dabei, das Geländer zu übersteigen. Er beobachtete ihn, wie er sich langsam hinüberschob, eine Hand in die Luft gestreckt, die andere fest an die Wandfläche gepresst. Dann drehte er seinen Körper, langsam und vorsichtig. Jetzt müsste er gleich sein rechtes Bein bewegen. In diesem Augenblick drehte Taisir den Kopf, und Herr Ali hatte den Eindruck, er schaue zu ihm herab. Er hätte ihm gern zugewinkt, doch fast im selben Moment sah er ein weisses Zettelchen langsam an Taisir vorbei zu Boden schweben; es schaukelte selig herab, wie ein ausgebreiteter kleiner Flügel. Dann bemerkte Herr Ali, wie seine Nachbarin auf das Papier zeigte, und begriff, dass es sich um eine Mitteilung für ihn handle.

Voller Interesse las er die Notiz. Dann ging er zum Aufzug. Im selben Augenblick hatte sich Taisir ganz gedreht, brachte mit einem waghalsigen Sprung das letzte Stück hinter sich und landete auf Herrn Alis Balkon. Er blieb kurz stehen und seufzte erleichtert. Auf seiner Oberlippe standen ein paar salzige Schweisstropfen; auch seine Hände waren schweissnass. Er atmete tief, spürte einen kleinen Schmerz ihn wie Nadeln an den Zehen kitzeln, stiess die Balkontür auf. Er hatte einen völlig leeren Kopf und spürte den brennenden Wunsch, zu weinen ohne Tränen, und im ersten Augenblick

kam es ihm vor, als steige er nach einem ganzen Tag Schwimmen aus dem Meer.
Er legte seine Hand auf die Klinke, drückte sie und sah sich Herrn Ali gegenüber.
„Gratuliere, Taisir. Eine prachtvolle Leistung."
Taisir wollte etwas sagen, doch der Geschmack des Baumwollöls durchzog noch immer seine Kehle. So nickte er nur mit dem Kopf und lächelte.
„Taisir! Hier sind fünfundzwanzig Pfund. Könntest du mir dafür eine kleine Flasche Whisky und etwas Obst besorgen. Den Rest kannst du behalten."
Taisir lächelte nochmals. Er rechnete geschwind im Kopf aus, wieviel er würde zurückbehalten können. „Mir dürften etwa zehn Pfund bleiben." Dennoch empfand er etwas wie Widerwillen. Er wusste nicht warum, doch er wollte sich umdrehen und so schnell er nur konnte verschwinden.
„Mach doch kein so trübes Gesicht. Wenn du mit dem Whisky und dem Obst kommst, bring alles gleich hoch, in den zehnten Stock."
In der Türöffnung stehend zwinkerte ihm Herr Ali heiter zu. Taisir betrachtete gedankenverloren die Fünfundzwanzigpfundnote in seiner Hand. Dann schaute er, weil er nicht recht wusste, was er tun sollte, auf die Uhr. Sie zeigte genau Viertel nach zwei. Nochmals schaute er Herrn Ali ins Gesicht. Dieser lächelte und blickte ihn an. Dann streckte er die Hand aus, fasste die Tür am Rand und schlug sie zu. Mit dumpfem Schlag fiel sie ins Schloss. Er

drückte den Zettel zwischen den Fingern zusammen und sprang, zwei Stufen zugleich, die Treppe hinauf. Nochmals zwinkerte er Taisir zu und warf den zerknüllten weissen Zettel fort.
Das Papier rollte zwischen Taisirs Füssen hindurch, während er selbst auf Herrn Alis zugeschlagene Wohnungstür starrte. Sie war fest verschlossen.

Beirut 1961

Die Sklavenfestung

Wären seine Kleider nicht so jämmerlich zerschlissen gewesen, man hätte ihn einen Poeten nennen können. Der Platz, den er für seine ärmliche Hütte aus Holz und Blech ausgewählt hatte, war grossartig. Nur wenige Schritte von der Schwelle entfernt, strich am Fuss der scharfen Felsen, mit tiefem, regelmässigem Donnern mächtig das Meer entlang. Sein Gesicht war hager, sein weisser Bart von schwarzen Strähnen durchzogen, die ihn noch erbarmungswürdiger erscheinen liessen. Über seine tiefliegenden Augen zogen sich buschige Brauen. Seine hervortretenden Backenknochen glichen zwei Felsen; sie flankierten seine grosse, vorspringende Nase.
Warum wir diesen Ort aufgesucht hatten? Ich erinnere mich nicht mehr. In unserem kleinen Auto waren wir eine holprige, verdreckte, gesichtslose Strasse entlanggefahren, mehr als drei Stunden. Dann hatte Thabit mit dem Arm aus dem Fenster gezeigt und ausgerufen:
„Das ist sie, die Sklavenfestung."
Diese „Sklavenfestung" war ein grosser Felsen, dessen Fundamente die Wellen weggefressen hatten und der nun aussah wie die Schwinge eines rie-

sigen Vogels, der seinen Kopf im Sand begraben hatte und seinen Flügel über das tosende Meer ausstreckte.
„Warum nennt man sie 'Sklavenfestung'?"
„Weiss ich nicht ... Vielleicht gibt es ein historisches Ereignis, auf das dieser Name zurückgeht ... Seht ihr die Hütte dort?"
Thabit wies nochmals auf die kleine Hütte im Schatten des mächtigen Felsens. Er stellte den Motor ab, und wir stiegen aus.
„Man sagt, ein halbverrückter alter Mann soll darin leben."
„Und was tut er in dieser Einöde ganz allein?"
„Was ein Halbverrückter so tut."
Wir betrachteten von fern den Alten, der auf der Schwelle seiner Hütte hockte und aufs Meer hinausstarrte, den Kopf zwischen den Händen.
„Glaubst du nicht, dass es mit dem alten Mann eine besondere Bewandtnis hat? Warum muss er unbedingt halb verrückt sein?"
„Weiss ich nicht. Ich habe das nur gehört."
Thabit hatte eine Stelle ausgewählt. Er ging hin, strich den Sand glatt, liess die Flaschen auf die Erde fallen, holte das Essen aus der Tasche und setzte sich.
„Man sagt, er sei Vater von vier Söhnen, denen allen das Glück hold war. Sie gehören zu den Allerreichsten hier in der Gegend."
„Und dann?"
„Sie konnten sich nicht einigen, wer ihren Vater

aufnehmen solle. Ihre Frauen liessen sich nicht erweichen, und schliesslich beschloss der alte Mann wegzulaufen und sich hier niederzulassen."
„Aber das ist eine alltägliche Geschichte und kein Grund, aus dem alten Mann einen Halbverrückten zu machen!"
Thabit sah mich verständnislos an. Dann zündete er das Brennholz an, das er zusammengelesen und aufgeschichtet hatte, goss Wasser in einen Topf und stellte diesen auf das Feuer.
„Wichtig daran ist doch nur zu klären, von welcher Hälfte sein Weglaufen nach hier draussen diktiert war, von der verrückten oder von der vernünftigen."
„Nun, dort drüben sitzt er, nur ein paar Meter von hier. Warum gehst du nicht hinüber und fragst ihn?"
Thabit hatte sich niedergekniet und blies ins Feuer. Dann richtete er sich auf und rieb sich die Augen.
„Ich kann einfach den Gedanken nicht ertragen, der mir bei seinem Anblick kommt."
„Welchen Gedanken?"
„Den Gedanken, dass ein Mann siebzig Jahre lang ein hartes Leben führt, dass er arbeitet, dass er sich abmüht, dass er Tag für Tag, Stunde für Stunde da ist, dass er während siebzig Jahren im Schweiss seiner Hände sein Brot verdient, dass er tagaus tagein in der Hoffnung auf ein besseres Morgen lebt, dass er siebzig Jahre lang jeden Abend schlafen geht – und wozu? Um seine alten Tage allein und

ausgestossen wie ein Hund hier draussen herumzusitzen. Schau ihn dir an! Wie ein Polartier, das sein Fell verloren hat. Kannst du dir vorstellen, dass so das Ziel von siebzig Jahren Leben aussieht? Ich kann diesen Gedanken nicht ertragen."
Er starrte uns an und rief dann, seinen Worten mit den Händen Nachdruck verleihend:
„Stell dir doch vor, du gingst siebzig Jahre auf derselben Strasse in derselben Richtung – immer dieselbe Gegend, derselbe Horizont, alles immer dasselbe. Mir ist das unerträglich."
„Vielleicht unterscheidet sich ja der Blickwinkel des alten Mannes von dem deinen. Vielleicht glaubt er ja, er habe etwas Neues erreicht, etwas anderes. Vielleicht ist es genau das, was er wollte. Warum fragst du ihn nicht?"
Wir standen auf und gingen zu ihm hinüber. Als wir neben ihm standen, schaute er auf. Gleichgültig erwiderte er unseren Gruss. Dann forderte er uns auf, uns zu setzen. Durch die halboffene Tür konnten wir in die Hütte hineinsehen: In einer Ecke lag eine zerschlissene Matratze, ihr gegenüber stand ein quaderförmiger Stein, auf dem wir einen Haufen ungeöffneter Muscheln bemerkten. Eine Weile herrschte Schweigen; der alte Mann beendete es mit seiner schwachen Stimme:
„Ich verkaufe Muscheln. Wollt ihr welche?"
Als wir nicht wussten, was antworten, fragte Thabit:

„Sammelst du sie selbst?"
„Ja. Ich warte auf die Ebbe und gehe dann weit hinaus und lese sie auf. Später verkaufe ich sie an alle, die hoffen, darin Perlen zu finden."
Wir schauten uns an, und einen Augenblick später stellte Thabit die Frage, die uns allen durch den Kopf ging:
„Warum suchst du nicht selbst nach Perlen in diesen Muscheln?"
„Ich?"
Er sagte das, als werde er sich zum erstenmal seiner eigenen Existenz bewusst ... oder als sei ihm dieser Gedanke überhaupt noch nie gekommen. Dann schüttelte er den Kopf ... und schwieg.
„Für wieviel verkaufst du den Haufen."
„Ganz billig – für einen oder zwei Laibe Brot."
„Aber es sind kleine Muscheln; es sind ganz sicher keine Perlen drin."
Der alte Mann betrachtete uns aus glanzlosen Augen unter buschigen Brauen.
„Was verstehst du schon von Muscheln?" fragte er scharf. „Woher willst du wissen, ob Perlen darin sind oder nicht?"
Dann schwieg er, als fürchte er, sich noch weiter hinreissen zu lassen und das Geschäft zu verderben.
„Und du? Weisst du es?"
„Nein, nein, niemand weiss es."
Er hob eine Muschel auf und begann, mit ihr her-

umzuspielen. Von uns nahm er keinerlei Notiz mehr; es war, als ob wir für ihn nicht mehr existierten.
"Also gut, wir kaufen eine Ladung."
Der alte Mann drehte sich um und zeigte auf den Haufen auf dem quaderförmigen Stein.
"Gebt mir zwei Laibe Brot", sagte er, und verhaltene Freude klang in seiner Stimme, "dann könnt ihr den ganzen Haufen haben."
Als wir mit der Ladung Muscheln zu unserem Platz zurückkamen, ging unsere Diskussion weiter.
"Ich glaube weder", meinte Thabit, "dass er halb verrückt ist noch dass er reiche Söhne hat. Er ist ganz einfach ein armer Mann, der auf eine etwas feinere Art der Bettelei nachgeht."
"Ich glaube aber, dass diese Augen tatsächlich die Augen eines Verrückten sind. Sonst hätte er doch die Muscheln selbst aufgemacht in der Hoffnung, einmal eine Perle zu finden?"
"Vielleicht hat er ja vom Suchen genug und schaut lieber zu und verdient dabei noch etwas."
Den halben Tag waren wir beschäftigt, bis wir alle Muscheln geöffnet hatten. Um uns herum häuften sich Muschelfleisch und leere Schalen. Schliesslich mussten wir über uns selbst lachen.
Am Nachmittag schlug Thabit mir vor, dem alten Mann eine Tasse Tee hinüberzubringen. So könne man ihm vielleicht eine kleine Freude machen.
Ich brachte ihm den Tee. Ein Gefühl der Beklom-

menheit hatte mich erfasst. Doch er forderte mich auf, Platz zu nehmen, und schlürfte genüsslich seinen Tee.

„Habt ihr in den Muscheln etwas gefunden?"

„Nein, überhaupt nichts. Du hast dich über uns lustig gemacht."

Er nickte betrübt, schlürfte weiter und sagte dann wie zu sich selbst:

„Ich habe mich über euch lustig gemacht für zwei Laibe Brot."

Wieder nickte er. Dann schaute er mich plötzlich an:

„Wenn diese Muscheln dein Leben wären", sagte er, und seine Stimme klang scharf, „ich meine, wenn jede Muschel ein Jahr deines Lebens bedeutete und du sie eine nach der anderen öffnetest, sie dann aber leer fändest, wärst du dann auch so traurig wie über den Verlust der beiden Laibe?"

Ich begann zu zittern ... In jenem Augenblick war mir klar geworden, dass ich es tatsächlich mit einem Verrückten zu tun hatte. In seinen Augen, unter den buschigen Brauen, lag ein heller, unnatürlicher Glanz. Um seine verschlissenen Kleider tanzte der Staub in der Nachmittagssonne. Ich wusste nicht, was ich sagen sollte. Versuchte aufzustehen, doch er hielt mich am Handgelenk fest. Ich spürte seine Hand. Sie war dünn und welk, dennoch kräftig. Dann hörte ich ihn sagen:

„Du brauchst keine Angst zu haben. Ich bin nicht verrückt, wie du glaubst. Setz dich, ich möchte dir

etwas sagen: Für mich sind es die glücklichsten Augenblicke am Tag, wenn ich eine Enttäuschung dieser Art mitansehen kann."
Ich setzte mich, etwas gefasster als zuvor ... Er begann wieder den Horizont zu betrachten. Von mir nahm er keinerlei Notiz mehr, als hätte er mich nicht kurz zuvor aufgefordert, Platz zu nehmen. Schliesslich wandte er sich mir zu:
„Ich wusste, ihr würdet nichts finden. Diese Muscheln sind noch klein. Sie können noch keine Perlen entwickeln. Aber ich wollte es genau wissen."
Wieder schwieg er. Schaute hinaus aufs Meer. Dann sagte er wie zu sich selbst:
„Die Ebbe beginnt früh heute nacht. Ich muss Muscheln sammeln gehen. Morgen werden wieder Leute kommen."
Verwirrt stand ich auf. Im Licht der untergehenden Sonne stand die Sklavenfestung finster da. Meine Freunde sassen neben Haufen leerer Muscheln und tranken Tee, während der alte Mann dem weichenden Wasser folgte. Von Zeit zu Zeit bückte er sich, um die liegengebliebenen Muscheln einzusammeln.

Kuwait 1960

Durst

Könnte doch der bedrückte Mensch fortgehen! Aber wohin? Das ist gleichgültig. Könnte er nur fortgehen! Ziellos lief er innerhalb der vier Wände im Kreis herum, dann fiel er aufs Bett ... Die Melodie, die von der Schallplatte weinte, erreichte ihn nicht mehr. Er befühlte seine kalte Haut, dann drehte er sich dicht zur Wand. Wie hatte er — irgendwann einmal — glauben können, dass eine Melodie alles ist? Wie?
Irgendwann einmal. Es scheint, die Vergangenheit gehörte einem anderen Menschen. Doch er, er schleppt diese vier Wände seit seiner Geburt auf seinen Schultern ... er schleppt sie mit sich, wo immer er hingeht ... auch wenn er lacht und seine grobe Zunge über die Wand streicht. Seit wann schleppt er diese Wände? Er weiss es nicht. Vielleicht seit vor seiner Geburt ... vielleicht erst jetzt ... Er stand vom Bett auf und stellte das Radio lauter ... Die Stimme dröhnte jetzt im Zimmer, lärmend wie eine Million bedrückter Eulen. Und dennoch befühlte er weiterhin seine Haut. Dann drehte er sich wieder zur Wand.
Erinnerst du dich, Bedrückter, an den Tag, da du dieses Stück zum erstenmal hörtest? Wie es dir das

Gefühl gab, in einen Strudel von Tatendrang geworfen zu sein, den du nicht mehr verlassen wolltest? Was ist mit dir geschehen? Erinnerst du dich, wie der schmerzvolle Klang der Trompete deine Adern erzittern machte und wie die Trommel in deiner Kehle nachdröhnte? Steh nicht auf! Es ist dasselbe Stück ... dieselbe Aufnahme ... dasselbe Orchester ... ja, dieselbe Firma ... Willst du behaupten, etwas sei anders geworden? Eine nutzlose Lüge!
Zehn Tassen Kaffee ohne Zucker ... Eine ganze Schachtel Zigaretten ... Tausendmal hinaus auf den Balkon und wieder zurück. Erinnerst du dich, wie viele Male du am Radio gedreht hast? Wie oft du die Platte gewechselt hast? Wie oft du versucht hast, einen Schluck von dem Wein zu trinken, den du in deinem Kleiderschrank versteckt hältst? Warum setzt du dich nicht auf den Bettrand, nimmst deinen Kopf zwischen die Hände und gestehst dir ruhig ein:
„Ich bin ein Fremder!"?
Der Klang der Trompete ist schmerzvoll. Doch hier drin ist er nicht ... Es ist, als hättest du auf der Brust Zinnplatten, auf die der Klang aufschlägt und an die Wand zurückgeworfen wird, wertlos ... Es ist, als ob sie hoch oben auf einem Dach für die kleinen Engel spielen, die sich damit beschäftigen, einander die Federn aus den Flügeln zu zupfen ...
Steh auf ... Bring das Gejaule der Trompete zum Schweigen, lösch das Licht und vergrab deinen

Kopf in den Träumen deines Kissens ... Du kannst nicht? Weisst du auch, warum?
Als dir ein Freund mit pockennarbigem Gesicht zum erstenmal in deinem Leben ein Buch gab, begann deine Geschichte ... Du warst noch jung. Nicht der Held der Geschichte interessierte dich damals, nein, ihr Verfasser ... Wie er zu werden, wünschtest du dir. Schön ... Doch wie? Du bist ein Mensch, der nicht den Mut hat, sich selbst zu konfrontieren ... Dein Scheitern machte deutlich, dass du Erfahrung nötig hattest. Weshalb hast du dir etwas vorgemacht? Warum bist du – damals – nicht ruhig hingesessen und hast dir dein Scheitern eingestanden?
Deine Familie beschränkt deine Freiheit? Verlass sie ... Deine Freunde lachen? Geh fort von ihnen ... Deine Arbeit ermöglicht dir nicht, Erfahrungen zu sammeln? Gib sie auf! Dann was? Jetzt trägst du deine vier Wände und gehst wie ein Mensch aus Gips ... Warum hast du dir nicht von Grund auf eingestanden, dass es die grosse Lüge war, die zu deinem Scheitern führte? Du hast gemeint, wenn du dich andersartig aufführtest, wärest du schon ein andersartiger „Wurf"! Welche Lüge! ... Wirf die Zigarettenkippe weg; das Haus soll nicht brennen ... Und selbst wenn es verbrennt, wird es über deinem Kopf bleiben ...
Bedrückter Mensch ... Was hast du dort vergessen ... Ich werde dir nicht sagen was. Du läufst im Kreis im Zimmer herum wie eine Katze, eingesperrt in

einer leeren Speisekammer ... Weisst du, was du vergessen hast? Du lebst dein eigenes Leben, nicht ein fremdes.

Weshalb hast du die Platte umgedreht? Du weisst nicht, was du hörst ... Tausend schwarze Räder drehen sich in deinen Ohren ... Zünde dir noch eine Zigarette an.

Du lebst jetzt allein ... Ist es nicht das, was du gewollt hast? War es wirklich nötig, dass das Wasser in deiner Wohnung abgestellt wurde, bis du entdecktest, dass du allein bist?

Gestern stand der bedrückte Mensch auf, um zu trinken ... Als er den Wasserhahn aufdrehte, gluckste es dumpf daraus hervor, doch kein Tropfen kam heraus. Der Durst hatte ihn mit seinen groben, trockenen Fingern an der Kehle gepackt. Wie sollte er trinken? Wirklich blöd! Aber er wollte trinken. Dann erwachte er mitten in der Nacht mit noch grösserem Durst ... Wäre im Zimmer wenigstens ein anderer Mensch gewesen, dem er in seinem Ärger hätte zurufen können:

„Ich will etwas zu trinken."

Nicht zu trinken war dir wichtig, sondern jemanden zu finden, dem du hättest sagen können, dass du etwas zu trinken willst ... dass du durstig bist ... War all das wirklich nötig, um zu entdecken, dass du ein Mensch bist, der in die Leere geworfen ist? Ich kenne dich! Du bist ein Mensch, der ungern bereut ... Deshalb wirst du nie jemandem sagen, dass du diese bedrückenden Wände mit dir schleppst ...

Morgen wirst du aufwachen, und galliger Geschmack wird dir die Zunge zerfressen ... Niemand wird dich fragen, wie du geschlafen hast ... In einem schäbigen Lokal wirst du frühstücken ... Du wirst herumrennen auf der Suche nach einem Menschen, mit dem du zusammensitzen kannst ... nach irgendeinem Menschen, mit dem du zusammensitzen kannst, um eine Stimme zu hören, die, durch die Wände hindurch, an dich gerichtet ist ... Ich kenne dich. Dein hässlicher Hochmut legt deiner Zunge Zügel an ... Er wird dich fragen, ob du glücklich bist, und du wirst antworten:
„Ich liebe das Alleinsein."
Bedrückter Mensch ... Mühe dich nicht ab ... Suche keine weitere Platte. Alle Platten sind aus Teig. Ist es dir je in den Sinn gekommen, dass deine vielen Bücher sich aneinanderlehnen wie Mädchen auf der Strasse, wenn es kalt ist?
Morgen, bedrückter Mensch, wirst du nicht glücklich sein; kein einziges Wort des Menschen, mit dem du zusammensitzen wirst, wirst du vernehmen. Du suchst ihn nur, um ihm, wie beiläufig, mitzuteilen:
„Gestern wurde das Wasser in meiner Wohnung abgestellt ..."

Beirut 1961

Die Sterndeuterstadt

Im Augenblick, da ich durch die Tür trat, erinnerte ich mich — ich hasste dieses Café und hatte am Morgen beschlossen, mir einen anderen Ort zu suchen, um dort ein oder zwei Stunden zu verbringen. Doch ich lenkte meine Schritte in dasselbe alte Café wie jeden Tag und ging in die Ecke, wo ich mit dem Rücken zur Wand sitzen konnte. Im nächsten Augenblick vergass ich das Café und meine Abneigung dagegen und bereute nur, mir keine Zeitung gekauft zu haben. Ich folgte mit den Augen einer jungen Frau mit engem Kleid und fragte mich, ob meine Worte am Morgen Majj wohl verletzt hatten. All das schien sich abzuspielen wie jeden Tag; und wie jeden Tag stellte der Kellner die Tasse Kaffee vor mich, bevor ich bestellt hatte; und wie jeden Tag schwappte die dunkle Flüssigkeit über und lief auf die Untertasse. Doch als der Kellner Anstalten traf, sie wegzunehmen, sagte ich: „Das macht nichts. Es ist nicht nötig, die schmutzige Untertasse auszuwechseln. Unser ganzes Leben ist so ..."
Und wie jeden Tag lächelte er verständnislos.
Vor dem zersprungenen Fenster lag die Welt — sie bestand aus dem alltäglichen Lärm ... Plötzlich ge-

schah es. Merkwürdig war, wie klar und deutlich es geschah. Ich legte gerade meine Beine übereinander, als mich plötzlich das sichere und untrügliche Gefühl überkam, gleich werde etwas geschehen, und zwar etwas, was mich persönlich angeht. Es war ein seltsames, urplötzliches Gefühl – ja, meine Bewegung erstarrte, mein eines Bein blieb einen Augenblick in der Luft.

„Du machst dir ja selbst etwas vor", sagte ich leise zu mir. Doch das Gefühl verkrallte sich in meiner Brust und meinen Augen. Ich spürte, dass mir das zum erstenmal in meinem Leben geschah. Dennoch blieb ich wachsam und vorsichtig und weigerte mich, diesem plötzlichen Gefühl nachzugeben. Ich streckte meine Hand nach der Kaffeetasse aus, um sie hochzuheben – wie jeden Tag. Doch meine Hand erstarrte, wie durch eine unsichtbare Kraft festgehalten, auf halbem Wege, als sich in der Tür die Gestalt meines alten Freundes Ibrahim abzeichnete.

Er stand da und liess seinen Blick durch das Café wandern, als suche er jemanden. Selbst seine fünfzehnjährige Abwesenheit, so stellte ich fest, hatte ihn nicht sehr verändert. Seine Bewegungen waren noch immer so, wie ich sie in Erinnerung hatte. Im nächsten Augenblick fiel mir aber ein, dass Ibrahim ja seit fünfzehn Jahren tot war, und dass dieser Mann ein anderer sein müsse, der ihm aufs Haar glich. Doch als er mich sah, nickte er leicht mit dem Kopf und kam zwischen den Tischen hindurch auf

mich zu. Dabei entschuldigte er sich ruhig bei allen, die er bitten musste, ihren Stuhl etwas zur Seite zu rücken, um ihn, der kräftig gebaut war, vorbeizulassen. Bei meinem Tisch angekommen, zog er einen Stuhl heran und liess sich seufzend darauf nieder, ohne mir die Hand zu reichen. Dann schaute er sich um, bestellte eine Tasse Kaffee und steckte seinen klirrenden Schlüsselbund in die Tasche.
„Wie geht's?" fragte er mich.
Doch ich antwortete nicht ... Plötzlich schien alles ganz natürlich. Ich schlürfte meinen Kaffee und blickte durch das gesprungene Fenster auf die Strasse.

In der Sekundarschule waren Ibrahim und ich Klassenkameraden gewesen. Ibrahim war äusserst sensibel, obwohl er sich immer gern gleichgültig gab, wie jetzt. Er war auch ausgesprochen intelligent. Ja, der Direktor unserer Schule verwies in seinen wöchentlichen Ansprachen immer auf ihn als einen mustergültigen, vorbildlichen Schüler. Wir betrachteten es als selbstverständlich, dass Ibrahim ein hervorragendes Schulabschlusszeugnis erhalten werde. Darüber war kein Wort zu verlieren. Man anerkannte stillschweigend, dass selbst hervorragende Schüler Ibrahim immer den Vorrang einräumen mussten ... Doch dann, als die Prüfungen zu Ende waren, schlug es wie der Blitz ein ... Ibrahim war durchgefallen.
Ich erinnere mich auch jetzt noch genau, dass Ibra-

him am nächsten Tag verschwunden war ... Wir sahen ihn zum letztenmal, als er vor der Tafel mit den Namen stand, die Hände auf dem Rücken gefaltet. Keiner wagte, zu ihm hinzugehen. Zweifellos las er die Listen viele Male langsam durch. Dann drehte er sich, ohne uns anzuschauen, um und ging. Am nächsten Tag hörte ich, er habe Selbstmord begangen. Später veröffentlichten die Zeitungen den Hergang seines Selbstmordes. Danach soll er sich ein Boot gemietet und damit aufs Meer hinausgerudert sein. Später habe man das Boot leer auf den Wellen dahinschaukeln sehen. Neben dieser Nachricht fand sich ein altes Bild von ihm: ein sauber gescheitelter und lächelnder Ibrahim.

Er hielt mir seine Zigaretten hin. Ich nahm eine; er gab mir Feuer. Sein Feuerzeug war aus Gold; ebenso seine Manschettenknöpfe. Ich bemerkte, dass er ausgezeichnete Zigaretten rauchte, und dass auch sein Anzug von hervorragender Qualität war ... Er beobachtete mich, wie ich mir die Zeichen seines Wohlstands anschaute; doch es schien ihn überhaupt nicht zu stören, und ich dachte mir, er habe sich wohl an das Staunen der Leute gewöhnt. Als sein Kaffee gekommen war, schlürfte er mit Genuss davon und schmatzte dann hörbar mit den Lippen.
„Wie geht's?" fragte er mich nochmals. Worauf ich ohne nachzudenken antwortete:

„Ich bin am Ende."
Er schüttelte den Kopf und sagte, bevor er wieder von seinem Kaffee schlürfte:
„Was weisst du schon vom Am-Ende-Sein?!"

Es war ein unfassbarer, unerträglicher Fehlschlag ... Nachdem ich die Namen auf der Tafel zum tausendsten Mal durchgelesen hatte, war mir zumindest eines ganz klar – ich verdiente es nicht weiterzuleben ... Ich drehte mich um, liess die Tafel hinter mir und ging nach Hause. Mein ganzer Körper schmerzte regelrecht. Die Welt schien mir nicht mehr wirklich ... Nochmals sagte ich mir, dass ich es nicht verdiente weiterzuleben. Aber andrerseits hatte ich es auch nicht verdient zu sterben. Also beschloss ich, ein Boot zu mieten und damit aufs Meer hinauszufahren, wo ich durch Salz und Sonne allmählich zu Trockenfleisch würde – nicht von den Lebenden wahrgenommen und nicht zu den Toten gerechnet.
Doch der Bootsverleiher lud mich zu einer Tasse Kaffee ein. Und während wir Kaffee schlürfend in seiner ärmlichen Hütte einander gegenüber sassen, zwischen Netzen, Muscheln, Holzbrettern und Ketten, erzählte er mir von einem Traum, der ihm seit fünfzig Jahren nicht aus dem Sinn gehe, den zu verwirklichen sich ihm jedoch nie eine Gelegenheit geboten habe. Der Grund dafür, sagte er, sei ihm erst vor kurzer Zeit aufgegangen. Da habe er plötz-

lich gemerkt, dass das ständige Hin- und Herüberlegen die Verwirklichung des Traumes verhindere und dazu führe, dass er immer weiter in die Ferne rückt. Diese Einsicht, sagte er dann, habe aber seinen Willen nicht gebrochen, und er habe beschlossen, sich einen Stellvertreter zu suchen.
Nach einer Weile ist der Mann aufgestanden, hat Feuer gemacht und ist noch eine Tasse Kaffee holen gegangen. Ich war etwas benommen in dieser drückenden Atmosphäre, die, so kam es mir vor, nur aus dem pausenlosen Tosen der Wellen bestand, die mit unerbittlich schicksalhafter Eintönigkeit anbrandeten.
Als der Mann mit der Kaffeekanne zurückkam, sagte er mir, er werde mir ein Boot zur Verfügung stellen, wenn ich damit führe, wohin er wolle. Und nachdem er den dunklen Kaffee in die kleinen Tassen gegossen hatte, fügte er hinzu, der Traum seines Lebens solle durch mich verwirklicht werden – einen Menschen, der das Leben nicht liebt und den Tod nicht verdient.

„Ich habe diese ärmliche Holzhütte von einem alten Fischer geerbt, weil ich ihm versprochen hatte, ihn würdig bestatten zu lassen, wenn seine Zeit einmal abgelaufen sei. Zusammen mit dieser Hütte habe ich den schweren Traum geerbt, der mir seit mehr als fünfzig Jahren nicht aus dem Sinn geht.
Dieser weise alte Mann erzählte von einer grossen Stadt, die, einer Festung gleich, aus dem Meer auf-

ragt.* Er hatte einmal jemanden getroffen, der ihm versichert habe, jene seltsame Stadt gleiche den in alten Sagen beschriebenen Städten: Sie sei in einen goldenen Felsen gegraben; die Strassen darin seien aus Gold; die Steine darin seien aus Gold; alles darin sei aus Gold. Doch das Gold dort glänze nicht und auch seine Farbe sei anders als bei dem uns bekannten Gold. Doch dies sei nicht von Bedeutung, denn kaum habe man jene Stadt verlassen, so werde es gelb und glänzend und sei nicht weniger wert als das Gold, das wir kennen.

Der weise alte Mann erzählte auch, es gebe niemanden, der den Weg dorthin findet ausser demjenigen, der wirklich dorthin zu gelangen entschlossen ist. Das sei das einzig Magische daran. Wer ängstlich, unsicher und von Zweifeln geplagt sei, dem bleibe der Zugang verschlossen und sein Weg führe in die Irre, und er bekomme jene Stadt nie zu Gesicht. Schon viele Männer seien zurückgekehrt, ohne ans Ziel ihrer Reise gelangt zu sein. Ihr Wille war nicht bedingungslos und fest.

Doch es gebe nichts, fuhr der weise alte Mann fort, was ihm letzte Gewissheit gegeben habe; denn keiner von denen, die dorthin aufgebrochen seien, sei zurückgekommen, um die Warheit zu berichten. Gewissheit habe er nur darüber, dass derjeni-

---

*In der ganzen Erzählung besonders bei der äusseren Beschreibung der Stadt, finden sich mehrere Anleihen aus *Tausendundeine Nacht*, zum Beispiel aus der „Geschichte von der Messingstadt" (566. bis 577. Nacht, entsprechend der deutschen Ausgabe von Enno Littmann), wobei die Stadt als Metafer für die Ölländer am Golf verwendet wird.

ge, der wirklich dorthin gelangen will, auch wirklich ankommt und dass er, wenn er den festen Willen hat, auch wirklich von dort zurückkehrt ..."

Sterndeuterstadt!
Gleich als ich sie am Horizont erblickte, fiel mir, ohne ihn je gelesen oder gehört zu haben, ihr Name ein. Der Weg war kürzer gewesen, als ich angenommen hatte. Ich sah sie von fern, hörte auf zu rudern und betrachtete sie: Wie ein schwarzer Berg türmte sie sich am Horizont auf, mitten in der Weite des blauen Meeres. Eine zauberhafte Wirkung ging von ihrem Anblick aus; denn trotz ihrer pechschwarzen Farbe glühte sie wie eine Sonne im Märchen. Wie eine hockende Negerin leuchtete sie dort schwarz am fernen Horizont.
Mir kam all das vor, als läse ich in einem Buch, und während ich mein Boot durch die Wellen dahinsteuerte, überstürzten sich die Gedanken in meinem Kopf und tosten wie donnernde Wogen: Noch vor wenigen Jahren gab es die Sterndeuterstadt nicht. Das Meer erstreckte sich unendlich weit dahin ... Jetzt weiss niemand, ob die Stadt aus der Tiefe des Meeres hervorgebrochen oder vom Himmel herabgefallen ist, ob sie aus erstarrter Lava besteht oder ob sie ein verglühter Stern ist, der, einer Sternschnuppe gleich, herabfiel.
Die Sterndeuterstadt öffnete ihre Tore. Ich trat ein und wählte mir eine Höhle in dem riesigen Felsen als Wohnung. Dann machte ich mich daran, meine

Taschen mit Gold zu füllen, das ich mit der Hand überall auflas oder mit den Nägeln abkratzte – und jede von dem Felsen abgelöste Schicht Gold wuchs sofort wieder nach.

Der Gedanke, in einer Art Höhle zu wohnen, mag dir unangenehm erscheinen. Aber hast du dabei je an eine Höhle gedacht mit Wänden aus Gold? Daran allein habe ich mich nie gewöhnt, und auch jetzt noch, nach fünfzehn Jahren, erscheint es mir unglaublich.

In der ersten Nacht, die ich Tausende von Meilen von allem entfernt schlief, dröhnte mir die Einsamkeit in den Ohren wie das Wiehern eines sterbenden Pferdes. Doch das Schimmern der Wände liess das Klagen in meinem Innern verstummen ... Plötzlich fühlte ich, dass es mit der Höhle etwas Seltsames auf sich hatte, und als ich aufstand und die Wände betastete, glitten meine Hände über eine Flüssigkeit, die aus den Poren des schweren schwarzen Steins hervorsickerte.

Es war Speichel. Die Wände scheiden ihn immer am Abend aus ... Doch man gewöhnt sich sehr bald daran.

Ich stand auf. Bezahlte meinen und seinen Kaffee. Er hatte nichts dagegen. Ich schaute ihn nochmals an: Da sass er, sass ganz einfach da. Dann ging ich hinaus auf die Strasse.

Wie jeden Tag. Die Leute stiessen sich. Die Autos rasten um die Wette. Die Flüche des Kuchenver-

käufers. Nun würde ich Strasse um Strasse durchwandern. Würde die Treppe hinaufgehen, meine Zimmertür öffnen, meine Schuhe ausziehen. Dann würde ich, völlig bekleidet, schlafen ... wie jeden Tag.
Auf einmal geschah es nochmals: Ein plötzliches Glücksgefühl erfüllte mich. Ich steckte meine Hände in die Tasche und schüttelte den Kopf; dabei lächelte ich und beschleunigte meine Schritte: „Aber nein ... Ibrahim ist noch gar nicht von der Sterndeuterstadt zurück ..."

Beirut 1963

Nachwort

In den vierundzwanzig Jahren zwischen der Vertreibung der Palästinenser aus ihrer Heimat im Zusammenhang mit der jüdischen Landnahme samt Gründung des Staates Israel und dem Tag, an dem Ghassan Kanafani in Beirut einem Bombenanschlag zum Opfer fiel (8. Juli 1972) sind die Palästinenser einen langen Weg gegangen — den Weg aus der totalen Verzweiflung und Niedergeschlagenheit bis zum Versuch der Selbstbehauptung als Volk einschliesslich der Organisation von Widerstandsgruppen. Ghassan Kanafani hat diese Entwicklung mitgemacht. Er hat sie zum Teil auch mitgestaltet. Er hat sie schliesslich aufgezeichnet und literarisch verarbeitet. Er ist so zum Chronisten des frühen palästinensischen Erlebens und des entstehenden palästinensischen Widerstandes geworden.*
Das literarische Werk Kanafanis, zwischen 1972 und 1978 von der in Beirut domizilierten „Ghassan-Kanafani-Stiftung" in vier Bänden herausgege-

---

* Ein detaillierter Lebenslauf von Ghassan Kanafani findet sich als Nachwort des ersten Bandes seiner Erzählungen („Das Land der traurigen Orangen").

ben, umfasst auf etwa zweieinhalbtausend Seiten Erzählungen und Kurzgeschichten, Kurzromane, Dramen und einige literaturhistorische Abhandlungen über zionistische Literatur und über arabische Literatur in Israel. Einige der in den vier Bänden enthaltenen Arbeiten sind posthume Veröffentlichungen. Der umfangreichste Band ist derjenige, in dem Erzählungen und Kurzgeschichten zusammengestellt sind; deren erste stammen aus dem Jahre 1956, die grosse Mehrzahl wurde vor 1962 verfasst. Und sie alle sind Facetten aus der Geschichte eines Leidens, das spätestens 1948 begann und für den Autor erst mit seinem eigenen Tod endete.

Im gesamten erzählerischen Werk Ghassan Kanafanis werden, etwas vereinfacht gesagt, drei Entwicklungsstufen palästinensischer Existenz dargestellt:

Am Anfang steht eine Stufe von Leugnung oder Verdrängung des Geschehenen. Diese Stufe, in ihrer doppelten Ausgestaltung, umfasst einen beachtlichen Teil von Kanafanis Erzählungen. Es ist die palästinensische Literatur der fünfziger Jahre, die heute von Palästinensern mitunter als Literatur der „Bitterkeit" *(marára)* oder gar der „Weinerlichkeit" *(bukā'íja)* bezeichnet wird.

Das Gefühl des Ausgeliefert-Seins, das durch die Vertreibung entstanden war, und die Vorstellung, es sei eine Schande, so vertrieben worden zu sein und so leben zu müssen, verband sich hier mit der

Unfähigkeit zu begreifen, was vorgefallen war. Die Titel-Erzählung von Band I „Das Land der traurigen Orangen" ist hierfür ein eindrucksvolles Beispiel.

Nahmen die Palästinenser die *nakba* (Katastrophe = Niederlage von 1948) aber schliesslich doch zur Kenntnis, so bestand psychologisch hier der nächste Schritt darin, diesen Tatbestand zu leugnen, zu verdrängen, nicht zuzugeben. So wurde die Ratlosigkeit der eigenen Situation gegenüber zur Lüge und diese Lüge ihrerseits nach und nach zur umfassenden Lebenslüge.

Diesen Vorgang der Verdrängung hat Ghassan Kanafani vielfach dargestellt. Manchmal schuf er dabei Gestalten, palästinensische Gestalten, die jahrelang nicht die palästinensischen Tatsachen zugeben wollten oder konnten, sich selbst oder anderen gegenüber. Hierfür diene die Erzählung „Der Horizont hinter dem Tor" als Beispiel, wo die mangelnde Fähigkeit der Palästinenser, die Realitäten als solche zu akzeptieren, deutlich wird.

Anderswo beschäftigt sich Kanafani mit der nächsten Stufe dieser Verdrängung, der Lebenslüge, jener Konstruktion aus Entstellungen und Wunschbildern, die die Verlängerung der „begrenzten Illusion", der hinsichtlich Palästinas ist. In der Erzählung „Der Kuchenverkäufer" werden dem Lehrer im Lager (Kanafani selbst war einige Zeit an einer Lagerschule als Lehrer tätig) so viele aus Angst vor Schande geborene Versionen ein und derselben

Leidensgeschichte erzählt, bis er völlig verunsichert ist darüber, was Dichtung und was Wahrheit ist. „Unsicherer Grund" ist eine Fortsetzung dieser Tendenz ins Skurrile (dieses übrigens eine nicht seltene Erscheinung bei Kanafani): Einerseits verliert der Schüler völlig die Übersicht über seine Konstrukte; anderseits lässt sich der Lehrer auch mit hineinziehen.

Manchmal ging Kanafani dann noch eine Stufe weiter bei der Darstellung dieser Lebenslüge und schuf Gestalten oder Handlungen, die nicht unmittelbar mit palästinensischer Vergangenheit, mit Vertreibung, Flucht, Exil zu tun haben, sondern mit denen er versucht, das Problem der Lebenslüge auf eine allgemeinere Ebene zu stellen. In „Die Sklavenfestung" leben, mit einiger Ironie dargestellt, die einen von der Illusion des grossen Glücks, die anderen, die um dessen Nichtexistenz wissen, davon, die Illusion zu erhalten.

Diese erste Entwicklungsstufe des mannigfach gestalteten Selbstbetrugs und der verschiedenen Arten von Illusionen verhindert sinnvolles, zielgerichtetes Handeln zur Verbesserung der eigenen Situation, ganz besonders organisiertes Handeln.

Die zweite im Werk Ghassan Kanafanis greifbare Entwicklungsstufe palästinensischer Existenz ist gekennzeichnet vom Erfassen und Eingestehen dessen, was sich abgespielt hat, nämlich der Niederlage und der Vertreibung. Hier setzt also die Reflexion ein über die eigene Existenz und über den Weg, der dahin geführt hat. Diese Entwicklungs- und Reflexionsstufe ist die notwendige Voraussetzung für sinnvolles und/oder gemeinschaftliches Handeln.

Die Beendigung der Verdrängung von Realitäten, das heisst, die Erinnerung an Geschehenes, die „Aufarbeitung der Vergangenheit" ist von Kanafani in mehreren Erzählungen unter Zuhilfenahme interessanter Metafern und Bilder eindrucksvoll dargestellt worden. Die Folgerungen, welche die dargestellten Personen aus dieser Art Vergangenheitsbewältigung jeweils ziehen, zeigt nicht nur unterschiedliche Handlungsmöglichkeiten, sondern auch verschiedene Stufen der Bewusstwerdung.

In „Die Eule in einem fernen Zimmer" beispielsweise bleibt es noch allein bei der Erinnerung an zehn Jahre zurückliegende Vorgänge, einer Erinnerung jedoch, deren Wirkung mit starken Worten dargestellt ist. Auch in „Etwas, was bleibt" entspringt der Erinnerung noch keine Tat mit dem Ziel der Überwindung des Vergangenen oder des Bestehenden. Nur die Erinnerung wird gepflegt, romantisch, etwas selbstmitleidig. Das ist grundlegend anders in Erzählungen wie „Mitte Mai" oder „Ein Bericht aus Gasa"*, in denen am Ende einer

---

* In der in Israel erhältlichen Ausgabe der Sammlung „Das Land der traurigen Orangen" fehlen die drei „Berichte" (aus Ramla, aus Tira und aus Gasa), die Teil dieser Sammlung sind.

Erinnerung an etwas Vergangenes bzw. eines Situationsberichtes aus Gasa der feste Vorsatz steht zu handeln, zu kämpfen für das eigene und anderer Recht, bzw. zu bleiben, nicht fortzulaufen.

Noch einen Schritt weiter gehen Erzählungen wie „Bis wir zurückkehren", wo „Aktion" und Erinnerung miteinander verschmelzen, zumal die „Aktion" am Ort der Erinnerung stattfindet – Rückkehr an den Ort, von dem man vertrieben wurde, um die Vertreiber zu vertreiben.

Die Konfrontation mit dem Feind, auch wenn er hier nicht sichtbar ist, verbindet diese Erzählung mit solchen Geschichten, die lediglich Facetten von Kanafanis und anderer Erinnerungen an die Vertreibung sind: „Damals war er ein kleiner Junge", „Das Maschinengewehr", „Ein Bericht aus Ramla". Dass jedoch an der Entwicklung in Palästina nicht allein die „Juden" (Kanafani spricht selbstverständlich immer von „Juden", nicht von „Israelis"!) schuld sind, geht aus „Ein Bericht aus Tira" und, besonders eindrucksvoll, aus „Der Mann, der nicht starb" klar hervor, und letzterer Erzählung überraschend klassenkämpferischer Ton wird in „Acht Minuten" verstärkt und von Palästina gelöst wieder aufgenommen.

Parallel zu all diesen fast ausnahmslos eng mit Palästina verknüpften Erzählungen gibt es eine recht grosse Anzahl solcher Erzählungen, in denen Kanafani Vertreibung, Flucht, Exil, Fremdsein als menschliche Grunderfahrung darzustellen versucht. Schauplatz sind hier, sofern überhaupt genannt, die arabischen Länder am arabisch-persischen Golf. In diesen Erzählungen geht es um persönliche Isolation und emotionale und sexuelle Frustration („Ein einziger Glaskasten", „Nur zehn Meter"; ins Ironische gedreht wird die Isolation in „Sechs Adler und ein kleiner Junge"), um die eigene Hilflosigkeit in einer brutalen Welt („Ein einziger Glaskasten", „Nur zehn Meter"), schliesslich um existentielle Verzweiflung in einem Aufschrei wie „Durst".

Die dritte im Werk Ghassan Kanafanis fassbare Entwicklungsstufe ist in seinen Einzelerzählungen eigentlich nicht angesprochen. Es ist das Thema seiner Erzählungszyklen „Von Männern und Gewehren" und „Umm Saad" und zum Teil seines Kurzromans „Rückkehr aus Haifa". Diese Entwicklungsstufe ist charakterisiert durch das Zusammenfinden der Palästinenser im Handeln für die Erhaltung ihrer Existenz als Volk und im Kampf um ein menschenwürdiges Leben.

Die dargestellten drei Entwicklungsstufen können im Werk Kanafanis nicht eindeutig chronologisch festgemacht werden. Besonders in den Einzelerzählungen und Kurzgeschichten – fast alle innerhalb von etwa sechs Jahren geschrieben – finden sich oft gleichzeitig Aspekte unterschiedlicher Entwicklungsstufen palästinensischer Existenz, und zwar eben auch solcher Entwicklungsstufen, die in der palästinensischen Wirklichkeit noch kaum ansatzweise existent waren. Insofern scheint die mitunter gemachte Behauptung, Ghassan Kanafanis Gespür als Schriftsteller sei seinen Einsichten als Politiker immer voraus gewesen, nicht jeder Grundlage zu entbehren.

Ghassan Kanafanis bevorzugte Literaturgattung war die Kurzgeschichte, die kurze Erzählung. Kurz sind auch diejenigen seiner Werke, die unter der Bezeichnung „Romane" laufen. Kurz, das ist ein bestimmendes Merkmal seiner ganzen Existenz gewesen, deren Grunderfahrung die Vertreibung, die Flucht war.
Es sind daher auch kurze Momente aus dieser Existenz, die zur Darstellung aus dem erlebten Gesamt herausgebrochen wurden. Dennoch ist Kanafanis Stil nicht so hektisch, wie man es anderswo sogar noch aus Romanen kennt. Der sprachliche Ausdruck ist meistens eher ruhig erzählend, die Syntax „sauber", der Wortschatz nur mit sehr wenigen regional-spezifischen Ausdrücken versetzt. Nur hin und wieder verlässt Kanafani diesen eher ruhigen Stil, wie beispielsweise in der Erzählung „Durst".
Ungewöhnlich und mitunter etwas fremdartig sind von Kanafani verwendete Bilder, zumal zur Darstellung von Gefühlen. Hier werden oft sehr kräftige Ausdrücke gebraucht, die mitunter auch in einer Weise bildhaft sind, die sich der Übertragung in eine andere Sprache entzieht. Ebenso reduziert wer-

den musste in der deutschen Übertragung das hin und wieder etwas zu umfangreiche Angebot an qualifizierenden Adjektiven, die einen deutschen Text zu sehr zu belasten drohten.

Ghassan Kanafani, wiewohl Wegbereiter palästinensischer Prosaliteratur, war noch nicht das, was man einen „ausgereiften" Schriftsteller nennen würde, damals, 1972, als seine politische und literarische Arbeit ein so jähes Ende fanden. Es gibt mehrfach Widersprüche innerhalb einzelner seiner erzählerischen Werke. Nicht immer scheint er alles „voll im Griff" zu haben. Doch dann ... der grösste Teil seines literarischen Werkes entstammt der Feder eines Zwanzig- bis Dreissigjährigen, dazu noch eines Menschen auf der Flucht, in seelischer Not, unter politischem Druck – nicht gerade ideale Bedingungen zur Beachtung werkimmanenter logischer und stilistischer Gradlinigkeit.

Nachträge zu Band I

Werke Ghassan Kanafanis in deutscher, französischer und englischer Sprache

„Über die Grenzen hinaus" [übers. Doris Erpenbeck], *Erkundungen*. 16 palästinensische Erzähler [hrsg. H. Odermann und W. Skillandat] (Berlin [Verlag Volk und Welt], 1983), 5—13
„Das gestohlene Hemd" [übers. Doris Erpenbeck], ebd. 36—42
„The Death of Bed Number 12", *Modern Arabic Short Stories* [selected and translated by Denys Johnson-Davies] (London [Heinemann], 1976), 28—41 (nachgedruckt in *New Writing from the Middle East* [edited with an introduction and commentary by Leo Hamalian and John D. Yohannan; New York (Mentor), 1978], 32—46)

Einige Abhandlungen über Ghassan Kanafani

Qāsim, Afnān al-, *Ghassān Kanafānī. al-Bunya ar-riwā'īya li-masār aš-šaᶜb al-filasṭīnī min al-baṭal al-manfī ilā l-baṭal aṯ-ṯaurī* (Bagdad, 1978)
Bannūra, Ǧamāl, „Dirāsa fī adab Ghassān Kanafānī wa-fikrihi", *al-Faǧr al-adabī* 31 (1981)

Walter Hollstein
Vettern und Feinde
Der Palästina/Israel-Konflikt
208 Seiten, Fr. 18.–/DM 20.–

Der Konflikt zwischen Palästinensern und Israelis, zwischen Moslems und Juden kann nicht gelöst werden, indem Tatsachen von heute ohne Berücksichtigung der Tatsachen von gestern anerkannt werden, wie das die Israelis fordern.
Nicht die Kriege von 1956, 1967, 1973 und 1982 sind der Anfang aller Schwierigkeiten im Nahen Osten. Am Ursprung der judeo-palästinensischen Differenzen steht vielmehr die zionistische Kolonisation in einem arabischen Palästina, die seit Ende des 19. Jahrhunderts entgegen dem Willen der arabischen Bewohner von Palästina jene vollendeten Tatsachen der massenhaften jüdischen Immigration, der Finanzierung und Ökonomie, des Landerwerbs und des Aufbaus eigener Institutionen geschaffen hat, welche dann 1948 die einseitige Ausrufung des Staates Israel ermöglichten.
In diesem Buch geht es um eine Analyse von Entwicklungen und Aspekten, die nur ein Ziel im Auge haben kann: die friedliche Lösung eines Konflikts, der nun schon seit Jahrzehnten seinen blutigen Tribut fordert. Aber um zum Frieden zu kommen, muss die Geschichte verstanden werden; um beides kreist diese Untersuchung.

**Abdulkader Irabi
Sozialgeschichte Palästinas**
208 Seiten, Fr. 19.80/DM 22.–

Das vorliegende Buch liefert eine Sozialgeschichte Palästinas; es zeichnet Ablauf und Entwicklung des Konflikts zwischen Arabern und Juden in dieser Region minutiös nach. Irabi schildert dabei nicht nur oberflächlich die historischen Daten des Nahost-Konflikts, sondern er geht zu den sozialen, ökonomischen und geschichtlichen Grundlagen der Auseinandersetzung zwischen arabischen und jüdischen Einwohnern Palästinas zurück. Aus dieser Kombination von sozialen, ökonomischen und geschichtlichen Fakten ergibt sich eine Sozialgeschichte Palästinas, die von sich beanspruchen kann, die erste ihrer Art zu sein.

„Palästina und die Palästinenser einmal anders, nicht als Terroristen, Flugzeugentführer, Bombenleger und Fanatiker. Aus der Sicht des Palästinensers Abdulkader Irabi sieht die neueste Geschichte des Nahen Ostens anders aus. Es geht weniger um eine Kriegsgeschichte als um die wirtschaftlichen Hintergründe des sozialen Niedergangs eines ganzen Volkes. (...) Es tut gut, einmal von der 'andern Seite' informiert zu werden. Nur so ist klare Meinungsbildung möglich."
(Bildungsarbeit)